藏书文化系列丛书

朱痕一点

古籍珍本中的藏书印及原石

嘉德艺术中心 编

国家图书馆出版社

图书在版编目（CIP）数据

朱痕一点：古籍珍本中的藏书印及原石 / 嘉德艺术中心编. — 北京：国家图书馆出版社，2024.1
ISBN 978-7-5013-7611-7

Ⅰ. ①朱… Ⅱ. ①嘉… Ⅲ. ①藏书—印谱—中国—图录②书票—中国—图录 Ⅳ. ①J292.42②G262.2-64

中国版本图书馆CIP数据核字(2022)第194863号

书　　名　朱痕一点——古籍珍本中的藏书印及原石
著　　者　嘉德艺术中心　编
策　　划　寇　勤　李　昕
责任编辑　王燕来　王佳妍
特邀编辑　杨　涓　严　冰　王若舟
装帧设计　李猛工作室

出版发行　国家图书馆出版社（北京市西城区文津街 7 号　100034）
（原书目文献出版社　北京图书馆出版社）
010-66114536　63802249　nlcpress@nlc.cn（邮购）
网　　址　http://www.nlcpress.com
经　　销　新华书店
印　　装　北京雅昌艺术印刷有限公司
版次印次　2024 年 1 月第 1 版　2024 年 1 月第 1 次印刷
开　　本　787×1092　1/16
印　　张　16
书　　号　ISBN 978-7-5013-7611-7
定　　价　320.00 元

山房集評本前人以四色筆度錢籜

覃溪朱梓廬錢衎石四先生評語指摘

足為樊榭先生諍友也

辰二月朔日得于海上中國書店　潘承弼記

藏书的风雅

藏书印和藏书票的使用，在海内外藏书文化史上都有着非常悠久的历史。古人在藏书上钤印，最初的目的是为了表明此书为印主所有。随着藏书文化的发展，藏书印有了更高的艺术性，精炼的文辞背后传递着历代文人的情感和心声，甚至有『藏书必有印记』之说，是中国藏书史上一种独特的审美。藏书票则是来自西方文化的传统，它始于十五世纪的欧洲，同样彰显票主对书籍的所有权。藏书票在二十世纪初进入中国，备受鲁迅等新文化运动文人的推崇，经过百余年的使用和演变，如今也成为了中国藏书文化中不可或缺的门类，与藏书印一起，担当文化和艺术传播的工具，提示着人们对于书籍这一文明载体的重视和珍爱。

第二届『嘉德国际艺术图书展』的藏书文化特展，主角是小小的藏书印和藏书票——钤印于八十五本古籍珍本上的藏书印、五十方珍贵藏书印原石，以及十枚国家图书馆所藏藏书票和二百一十枚中外名人藏书票。它们跨越中西方漫长的藏书史，于方寸之间，与书籍有着见微知著的密切联系，将历代藏书家、文人、艺术家的情感、情怀流传至今，展现了丰富和立体的历代藏书文化。另外，此次特展还特邀五十三位当代著名艺术家创作了藏书票作品，与历史上知名的藏书印和藏书票一同呈现。这一探索产生了全新的效果和想法，不仅展示当今书籍艺术更加多元而包容的技术和审美，更是为藏书这一历史悠久的文化提示出不断演进和发展的未来想象。

嘉德艺术中心总经理

寇勤

朱痕一点，意隽韵永

方寸之间，趣味无穷。朱磦一点，个性万千。

——说的就是藏书印。

藏书印是爱书人最熟悉不过的东西，它是书主钤在古书上的印记，通常用来表示『此物为我所有』，或者『此物为我所见』，刻治它的人和使用它的人往往并非同一人，因此，一方小小的藏书印，可以透露出诸多信息。

就藏书印的本身材质而言，有铜有金，有玉有石，然而自明代以来，大多以优质石材为之。它们外形各异，或方或圆，或高或矮，或有钮，或无钮，雕造者可以任意发挥，印面文字更是变化多端，或阴文，或阳文，或篆或隶，或鸟虫，或端楷，方寸之间辗转腾挪，此敛彼放，因此无论是刻治者还是使用者，都会沉迷其中不能自拔。

如果就内容而言，这些藏书印更是妙趣无穷，有的是名章，有的是闲章，还有各种花押。通过这些印文内容，我们可以知道一部古籍曾经在哪些藏书家的邺架停留，可以了解到这部古籍是从哪一座藏书楼，递传到下一座藏书楼，还可以通过闲章体会到书主人某一刻的境况和心情。

这里展示的藏书印，是从芷兰斋所藏之本中挑选而来，由于展示的原因，每部书仅能挑选同页面的一至三枚印章来作介绍，但其实往往一部古书中，由于递传的原因，前后及卷中会钤有多方印鉴，留下不同主人的印迹。尤其是当书主人十分珍爱某书时，会在不同地方钤下多枚不同内容的印章，以示爱之深、笃之切。

而我们通过这些印章，再之随着印章一同留在书上的题跋，就能知道更多关于书主的信息，如他们的字、号、室名、郡望甚至年龄等等。比如邵章的藏书印『杭邵章伯褧收藏书籍记』，孙人和的藏书印『盐城孙氏』，吴引孙的藏书印『真州吴氏有福读书堂藏书』，卢弼的『沔阳卢氏』，方功惠的『巴陵方功惠柳桥印』，柯逢时的『武昌柯逢时收藏图记』，莫祥芝的『独山莫祥芝图书记』等等。有意思的是，在印文中带有郡望或籍贯的藏书家，有个共通点就是喜爱收藏乡邦文献。

相比较而言，闲章较名章更能透露藏书家的性情。比如陈鳣的『得此书，费辛苦，后之人，其鉴我』透出一股痴气，赵元方的『曾在赵元方家』有种豁达，徐恕的『衰残知近死，不忍负青编』显出硬气，陆时化的『万丈无节人也』坦坦荡荡，无名氏的『拥书权拜小诸侯』令人感到扑面而来的心满意足，无限神往。

还有一些印文，除了藏书家的个人信息，还能让人感受到时代信息，比如潘景郑的『丁丑以后景郑所得』，刘汉臣的『泰州刘麓樵购于扬州癸丑兵火之后』，罗继祖的『大云烬余』。是发生了什么，使得这些藏书家刻下这样一方章？背后的故事，总是耐人寻味。

而大时代里总会有些小确幸，当徐乃昌伉俪在书房钤下『徐乃昌马韵芬夫妇印』，当享金楼女史杨盈校书完毕，钤下一枚『拜鸳』小印，若干年后我们目睹这些朱痕点点，依然能够感受到岁月的恬静美好。

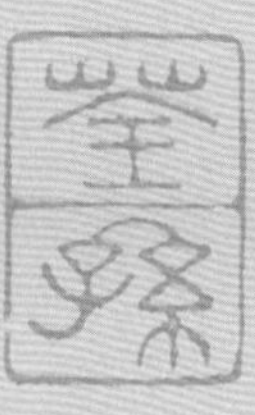

目录

藏书印原石（以印主生辰为序）——一七五

古籍珍本中的藏书印

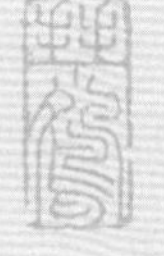

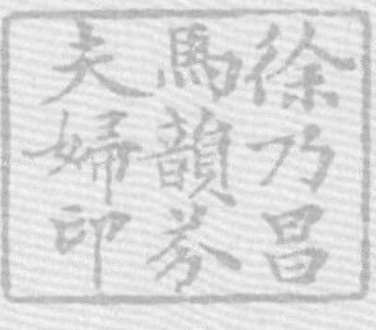

明崇祯元年毛氏汲古阁刻本《唐人选唐诗》

印文：陆氏敕先收藏书籍（白文）、陆贻典印（白文）、敕先（朱文）

印文：稽瑞楼（白文）

陆贻典（1617–1686），早年名行（一说名典），又名芳原，字敕先，号觌庵，江苏常熟人。明末清初著名藏书家，自少即笃志于坟典，藏书处为玄要斋、山泾老屋、颐志堂，著有《觌庵诗稿渐于集》等。黄廷鉴称：「吾邑藏书，绛云之后，尚有汲古毛氏、述古钱氏羽翼之者。叶石君、冯己苍、陆敕先诸君子相互搜访，有亡通假。」其中汲古阁毛扆为其婿，绛云楼钱谦益是其师，足见其往来结交皆藏书之家。

陈揆（1780–1825），字子准，江苏常熟人。清道光时诸生，家有旧藏，广收旧籍及乡邦著述，提出「书贵旧本」，四方名士纷纷挟异书、秘册而投于门下，因而藏书益富。与同邑藏书家张金吾并称「藏书二友」。曾在破山寺下建捄虎阁以储书。因购得明刻唐刘赓《稽瑞》，为历代未见之秘本，故改藏书楼名称为稽瑞楼。潘祖荫为之刊《稽瑞楼书目》。殁后无子，藏书四散，常熟翁心存重价收得甚多。

文苑英華所載多此二百一字

河嶽英靈集序

梁昭明太子撰文選後相效著述者十餘家咸自稱盡善高聽之士或未全許且大同至于天寶把筆者近千人除勢要及賄賂者中間灼然可尚者五分無二豈得逢詩輒纂往往盈帙蓋身後立節當無詭隨其應詮揀不精玉石相混致令衆口銷鑠為知音所痛夫文云云

唐丹陽進士殷璠

夫文有神來氣來情來有雅體野體鄙體俗體編紀者能審鑒諸體委詳所來方可定其優劣論其取捨至如曹劉詩多直語少切對或五字竝側或十字俱平而逸駕終存然挈瓶膚受之流責古人不辯宮商

辛巳仲春雨窗勘

明末清初抄本

《高东溪先生文集》

印文：锡鬯（朱文）、彝尊私印（白文）

印文：长州蒋凤藻印信长寿（白文）

朱彝尊（1629–1709），字锡鬯，号竹垞，醧舫，晚号小长芦钓鱼师、金风亭长，浙江嘉兴人。康熙十八年（1679）举博学宏词科，参与修纂《明史》。博史通经，为浙西词派创始人，著有《曝书亭集》《日下旧闻》《经义考》《明诗综》及《词综》等。朱彝尊精于金石文字，购藏古籍不遗余力，藏书楼为曝书亭，为清初藏书家之一，其藏书印尚有『购此书，颇不易。愿子孙，勿轻弃』，常钤于藏书卷首。

蒋凤藻（1845–1908），字香生，一作芗生、香山，江苏苏州人。生平雅好文翰，嗜书成癖，尽力搜讨购置各旧家所藏，其中包括徐𤊹、谢肇淛、陈第等名家故物。因得明初陶宗仪抄本《北堂书钞》，兼经周星诒藏，有孙星衍、严可均校，故颜其斋曰书钞阁，其堂号尚有心矩斋、铁华馆、秦汉十印斋等。叶昌炽《藏书纪事诗》咏其：『吴儿纤啬好治生，不狂乃竟得狂名。我来长啸书钞阁，下有蜩螗聚沸羹。』

刻高霽溪文集叙

霽溪高氏奮自南服位宗中造狄金難作國如累

以太學生上書言國事觸諱忌冒斧鉞頻頻

懇懇不休忠肝義膽已畢露於未仕之先矣既仕

職居官時時與長上爭可否不為苟從典學憲因

賑荒所在流惠澤民攀轍願留不可得豈苟食人

祿者哉六篇時議簡在帝心一忤權璫遂沉果仕

始以不詞秦父受拮摭中以疵見權臣被搏執卒

明万历八年刻本《文心雕龙》

印文：瓶花斋（白文）、尺凫（朱文）、吴焯（白文）、绣谷熏习（朱文）

印文：泰州镏麓樵购于扬州癸丑兵火之后

吴焯（1676—1733），字尺凫，号绣谷，别署蝉花居士，浙江杭州人。家富藏书，精考据、音韵之学，为浙派主要词人之一，有《药园诗稿》《玲珑帘词》等。其藏书室名瓶花斋，园中有亭名绣谷，多藏宋元椠本及旧抄精刻，仿晁公武、陈振孙而作《绣谷亭熏习录》，故有「绣谷亭熏习」藏书章，该书专记所藏秘册珍本。此册尚有其「淮南小卧」诸印。子吴城、吴玉墀皆喜藏书。

刘汉臣，字麓樵，为晚清江苏泰州藏书家。其生卒年无考，家资颇富，爱好善本书籍，太平军占据江南时，文物图书贱如土苴，遂请吴熙载助其搜罗旧书。吴熙载为篆刻大家，在明清篆刻史上举足轻重，尝馆于刘家三年，任西席。期间刘麓樵对吴熙载十分关照，吴无以为报，遂为其刻砚作画，还刻了八十八方印章，故称：「寄食三年，无以为报。」此印即吴熙载所治之一。

文心雕龍序

序曰齊梁以上立言之士無慮數千家珠聯綺合玉振金聲彬彬焉鏘鏘焉於文雅之場矣夫世代所趨巧拙所指作者殊科擇源涇渭則澄濁易淆按轡路岐而康徑未顯自非子野

文心雕龍序　一

旧抄本

《尹和静先生文集》

印文：雪苑宋氏兰挥藏书记（朱文）

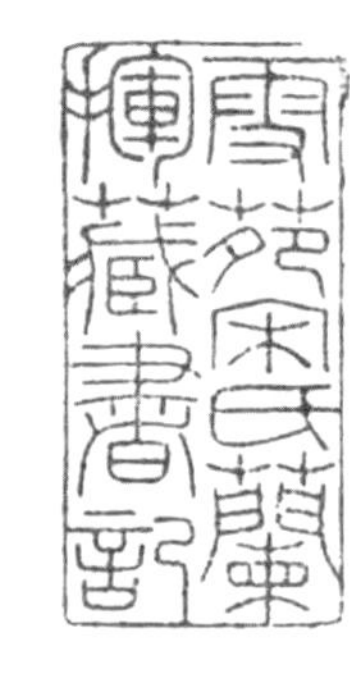

印文：友竹轩（朱椭）

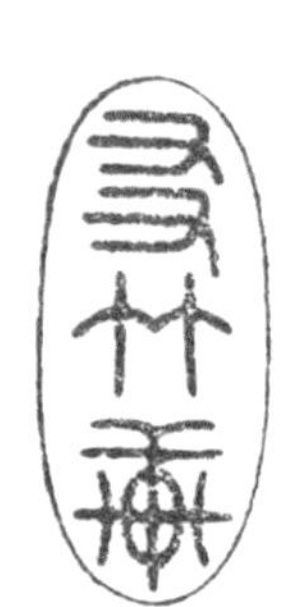

宋筠（1681–1760），字兰挥，号晋斋，河南商丘人。清康熙四十八年（1709）进士，官至顺天府尹、翰林院检讨，著有《青纶堂藏书录》《绿波园诗集》等，其常用印还有『龢松庵』『雪苑宋氏』及『筠』字朱圆印等，又有『江枫雨菊』『细嚼梅花读杜诗』等闲章，意境优美。毛氏汲古阁所藏秘本多为其所得。宋筠与父亲宋荦均有藏书之好，宋荦藏书之名更甚于宋筠。

印主无考。

尹和靜先生文集序

昔者孔子既歿惟曾氏之傳得其宗程夫子云惟和靜先生之學不失其正蓋參也魯竟以魯得之程子亦云魯者終有守謂先生也先生之學篤於踐行不爲虛語未嘗求人之知人亦莫能窺其所藴也至於歷險難之極而不變處貴顯之驟而不動心抱仁履義終其身而不悔非有守能若是乎先生晚年常

清康熙四十三年垂云堂刻本《才调集》

印文：安乐堂藏书记（朱文）、明善堂珍藏书画印记（朱文）

清代宗室诸王藏书中，以怡贤亲王胤祥及其子弘晓最富。爱新觉罗·胤祥（1686–1730）为康熙第十三子，号青山，藏书处为安乐堂。爱新觉罗·弘晓（1722–1778），字秀亭，号冰玉道人，袭封怡僖亲王，藏书处为明善堂。怡府藏书极富，传世有《怡府书目》，著录多有宋元秘籍。乾隆年间朝廷开四库馆，下令天下藏书之家进呈底本，唯有怡府不必听命。怡府藏书直到同治末年始渐散出，其中善本多为翁同龢、潘祖荫、杨绍和所得。

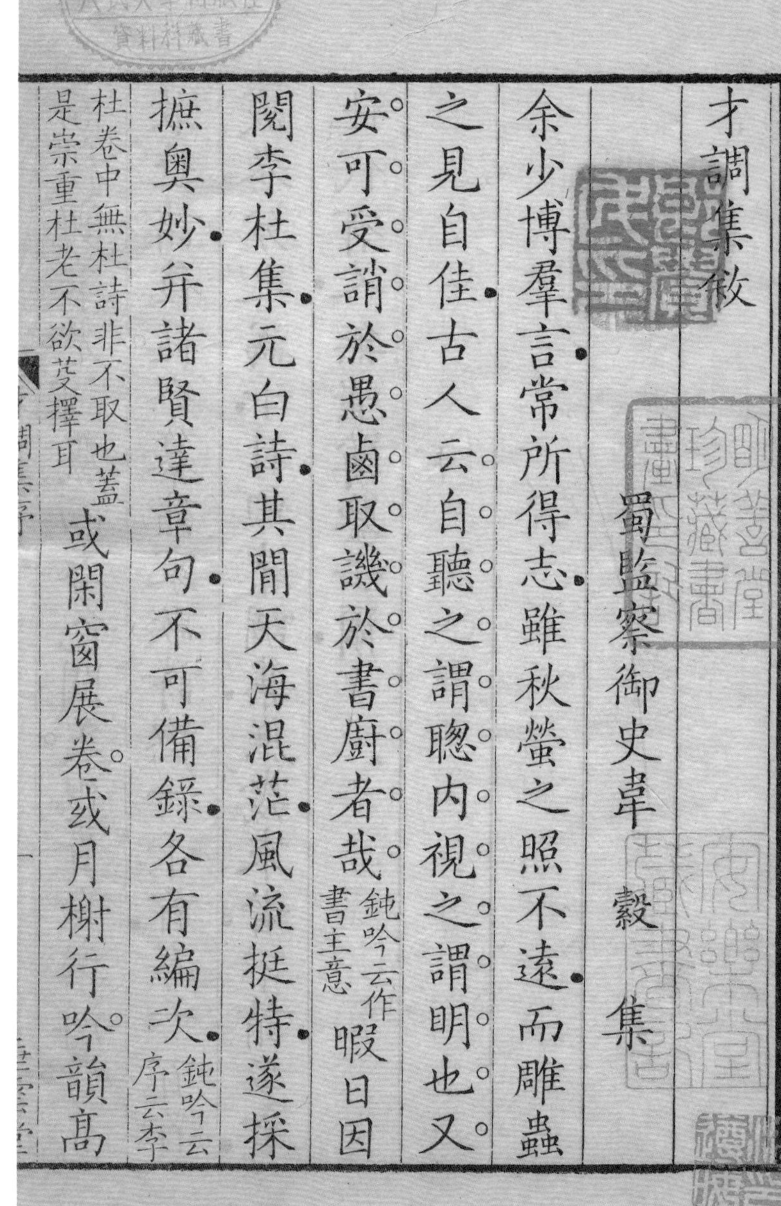

才調集敘

蜀監察御史韋縠集

余少博羣言常所得志雖秋螢之照不遠而雕蟲之見自佳古人云自聽之謂聰内視之謂明也又安可受誚於愚鹵取譏於書廚者哉（鈍吟云作書主意）暇日因閱李杜集元白詩其間天海混茫風流挺特遂採摭奥妙并諸賢達章句不可備錄各有編次（鈍吟云序云李杜卷中無杜詩非不取也蓋是崇重杜老不欲芟擇耳）或閑窗展卷或月榭行吟韻高

清初赵氏小山堂抄本《读书敏求记》

印文：小山堂书画印（朱文）

赵昱（1689–1747），原名殿昂，字功千，号谷林，浙江杭州人。家藏异书万卷，其外祖父为明代著名藏书家澹生堂祁氏。小山堂藏书以抄本著称，精妙至极。《杭郡诗辑》称其：『闻他人有秘本精抄，则神飞色动，必多方致之乃已，故贮藏之富，校勘之勤，与同时绣谷亭相匹。』赵昱殁后，小山堂藏书尽归扬州马氏小玲珑山馆。

印文：大铁父（朱文）、吴郡曹鼎（白文）

此为当代藏书家曹大铁（曹氏简介见第一五八页）藏书印。曹大铁颇有印癖，刻有名章、闲章颇多，且喜在古书的封面、卷首及卷末同时钤上不同名章及闲章。此书作者钱曾为钱谦益族孙，钱谦益绛云楼为当时著名的藏书楼，同为常熟人的曹大铁一直有心在绛云楼旧址重建藏书楼，惜未果。

印文：常熟丁钧字秉衡藏（朱文）

丁国钧（?–1919），字秉衡，江苏常熟人。清末任江苏仪征县（今江苏仪征市）训导。曾师从缪荃孙、黄以同等大家，精于校勘，深谙目录之学，藏书处为荷香馆，著有《补晋书艺文志》《荷香馆琐言》。进入民国后，许多文人在姓名、字号上有所改动，以表心志，这一点在印章上也多有体现。丁国钧字秉衡，但在此印面上少了一个『国』字，以示大清已亡。

讀書敏求記

也是翁錢曾遵王

集

唐大詔令一百三十卷

宋宣獻公裒唐之德音號令彙之未次甲乙未為

標識而公甍其子敏求緒正舊稾釐十三類編録

成帙目為唐大詔令予考之開元二十三年乙亥

十二月壬子朔二十四日乙亥冊河南府士曹參

軍楊玄璬長女為壽王妃蓋妃之父為蜀州司户

玄琰生而早孤養于叔父玄璬家故冊稱玄璬女

集　一

清陈宏谋稿本《大学衍义补辑要》

印文：榕门草稿（白文）

陈宏谋（1696–1771），原名弘谋，因避乾隆讳，改名宏谋，字汝咨，号榕门，广西临桂人。清雍正元年（1723）进士，曾任扬州知府、云南布政使、东阁大学士等职，谥文恭。清代理学名臣，康乾时期清官廉吏的代表人物，辑有《五种遗规》。《清史稿》称其：『乾隆间论疆吏之贤者，尹继善与陈宏谋其最也。……宏谋学尤醇，所至惓惓民生风俗，古所谓大儒之效也。』

大學衍義補輯要　明瓊山邱濬撰　粵西陳宏謀纂輯

治國平天下之要　正朝廷

總論朝廷之政

易曰天地之大德曰生聖人之大寶曰位何以守位曰仁何以聚人曰財理財正辭禁民為非曰義（禁其從奪於財禁亂於辭曰義）

郭雍曰天地以生物為德故人以大德歸之聖人得崇高之位然後成位於中而贊化育故以位為大寶也大寶者非聖人自以為寶天下有生幸聖人以治位以蒙其澤故天下以為寶也

蘇軾曰人之所同好者生也所同貴者位也所同欲者財也天下之大情盡於此矣三者常相為用生者人之本也無財則無以生無位則無以養生而理財作易者蓋知此矣既言三者而參之以仁義其旨蓋有在矣

臣按先儒謂易之事業見於此三言臣謹載此於總論朝廷之政之首以為大寶之敘

書舜典詢于四岳（官名總四方諸侯之事者）闢四門明四目達四聰

朱熹曰舜既告廟即位乃謀治於四岳之官開四方之門以來天下之賢俊廣四方之視聽以決天下之壅蔽

臣按朝廷弊端莫大於壅蔽所謂壅蔽者賢才無路以自達下情不能以上通也唐玄宗用李林甫為相天下舉人至京師者林甫恐己短請試之一無所取乃以野無遺賢為賀楊國忠為相南詔用兵敗死者數萬人更以捷聞此皆用非其人不能闢四門明四目達四聰遂至天寶之亂唐室自此不振諺云一指在前泰山不見矧臣在天子左右其蒙蔽豈但一指哉噫舜帝此四言真萬世治天下之藥石也

大禹謨嘉言罔攸（所也）伏野無遺賢萬邦咸寧德惟善政政在養民（德非徒善惟當有以善其政　政非徒善在乎有以養其民）

洪範次三（洪範九疇之次三疇）曰農用八政（所以厚生）一曰食（務農重穀）二曰貨（阜通貨財）三曰祀（報本追始）四曰司空（度地居民）五曰司徒（敬敷五教）六曰司寇（立法懲奸）七曰賓（懷柔賓客）八曰師（除[illegible]禁暴）

臣按農用八政之目如食貨謂之農可也至祀賓師及三官所掌皆謂之農何哉蓋天之立君原以為民凡朝廷之上建官以治事行禮以報本懷柔以通遠人興師以禁暴亂無非使民安其居盡其力足其食而厚其所以生也後世宮闈之事國都之事官府之事邊鄙之事俱亦有之而類不在於農民之事則鮮聞雖有之而不知其本無不出於為農反因之以戕民生廢農業是皆昧於洪範農用八政之本旨也

周禮惟王建國辨方正位體國（營國家如身有體）經野（畫郊野如織有緯）設官分職以為民極

明嘉靖刻本
《金薤琳琅》

印文：江南陆润之好读书稽古（朱文）、万丈无节人也（朱文）

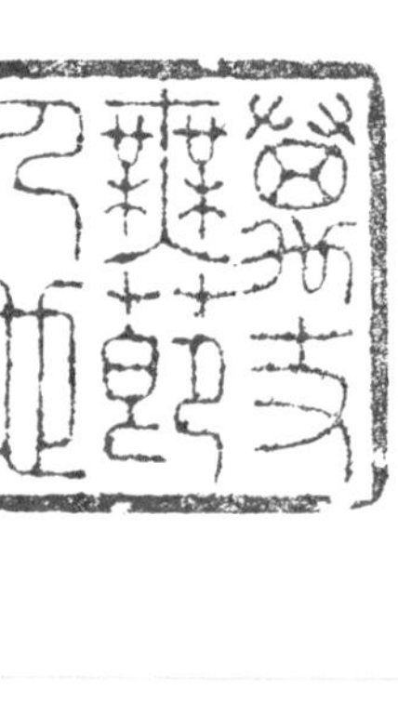

陆时化（1714—1799），字润之，号听松，江苏太仓人。少为庠生，以岁贡生入国子监为太学生。其家聚书万卷，其中有宋刻《太平御览》《国策》等，堂号有翠华轩、啸云轩、听松山房，著有《赏鉴杂说》《吴越所见书画录》《书画说铃》等。「万丈无节」为正直无邪之意。叶昌炽《藏书纪事诗》咏其：「铜雀葳蕤锁二乔，各携写韵降文箫。范张钩党今除籍，好问东仓第几桥。」

微軀官階勳爵並至二品子姪八人受
封無功無能叨竊至此子孫敬之哉

清乾隆汪氏香雪亭钤印本《锦囊印林》

印文：一泓斋（白文）、印林（朱文）

汪启淑（1728–1798），字慎仪，号讱庵、秀峰，自称印癖先生，安徽歙县人，居杭州。家资饶富，捐官为工部都水司郎中，迁兵部郎中。嗜印颇深，搜罗周、秦迄宋、元、明各朝印章数万钮，兼精篆刻。汇编各种印谱二十余种，有《集古印存》《汉铜印原》《静乐居印娱》《飞鸿堂印谱》等。其中《锦囊印林》为古今印谱中开本最小者之一，成谱于清乾隆十九年（1754）。

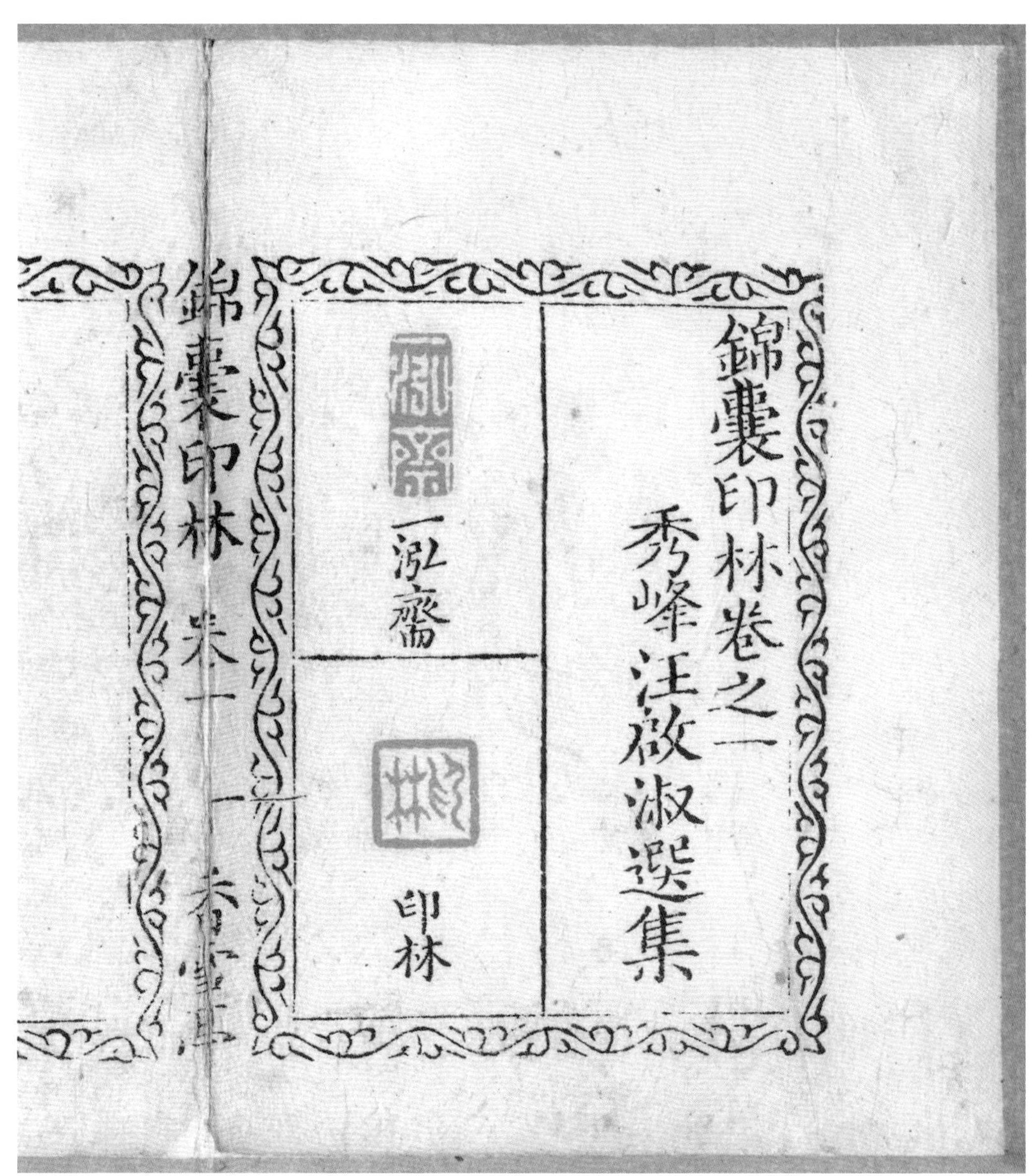
錦囊印林卷之一
秀峰汪啟淑選集
一泓齋
印林
錦囊印林　卷一　一

清乾隆周广业稿本

《耕厓初稿》

印文：广业字曰勤圃（朱文）

周广业（1730–1798），字勤补、勤圃，号耕厓、堇园，浙江海宁人。清乾隆四十八年（1783）举人，后入京参与《四库全书》的校勘及辑佚，曾主讲安徽广德书院，育材良多。其堂号有种松书塾、省吾庐，邺架尤多抄本，著有《四部寓眼录》等，刻印过自撰《孟子四考》，编有《两浙地志录》，此为已知最早的方志专门目录之书。吴骞谓其：『于书无所不窥，凡十四经、二十四史，以及九流百氏，靡不溯流讨源，钩沉索隐。』此印所钤之书乃周广业诗集稿本，属于未刊孤本。

耕厓[illegible]稿

江上吟

庚辰元旦即事三首末章兼懷庸玉

海昌周廣業勤圃著

新芳瑞啓縹雲端簾捲東風漏箭闌翠溢柏樽扶夜醉紅留松火敵春
寒門逢神燕符分綫（換）爐注金顔縷曲盤浪羡銀旛鬢（簪）容襯衫了鳥亦
相安

家禮相傳慶屐新影堂環拜聚宗人村喧爆竹千門日一杯
簇[illegible]榭花一掬春班列封胡慚長薺貧居南北揔依貧忽驚梅蕊當
階馥未敢題緘寄所親

揚州回首滿征塵衛雪歸來序已新拮据不
全閱歲儉清閑却喜為家貧蔗霜細合花（軟）[illegible]米酢分調紫芥辛好向北
堂持壽盞莫言彭[illegible][illegible]有羈人

奉和近墅叔祖感賦廳前鶴頂山茶之作

（百年）宜將封殖仰先靈幾度摩（調砂）挲想舊形鶴頂一行砂[illegible][illegible]文[illegible][illegible]炷焰[illegible]（紅簇錦窠春艷艷　焰翻火樹夜）

清乾隆五十八年吴骞抄本《静志居诗话》

印文：拜经楼（白文）

吴骞（1733–1813），字槎客、葵里，号兔床，又号愚谷，浙江海宁人。自幼体弱，故弃举业，以读书自娱。《海昌备志》载其：『笃嗜典籍，遇善本倾囊购之弗惜。所得不下五万卷，筑拜经楼藏之。晨夕坐楼中，展诵摩挲，非同志不得登也。』与黄丕烈友善，因黄丕烈言其藏书楼为『百宋一廛』，故自题藏书楼为『千元十驾』，意思是千部元版抵得上百部宋版，如驽马十驾，成为书林一段佳话。

靜志居詩話卷一

小長蘆　朱彝尊　竹垞

太祖高皇帝

帝諱元璋姓朱氏字國瑞濠之鍾離東鄉人元至正十一年辛邜起兵丁未稱吴元年戊申建元洪武在位三十一年崩葬孝陵有御製詩集五卷

孝陵不以馬上治天下雲雨賢才天地大文形諸篇翰七年而御製成集八年而正韻成書題詩不惹之菴置酒滕王之閣賞心胡閭蒼龍之詠擘節王佐黄馬之謡日曆成編和黄秀才有作大官設宴醉宗學士有歌顧天禄經進詩篇披之便殿桂彦良臨池聯句媲於颺言韵事特多更僕難數惟其愛才不及因之觸物成章宜其開創之初遂見文明之治江左則高楊張徐中朝則詹吴樂宗五先生蜚聲嶺表十才子奮起閩中而三百年詩教之盛遂超軼前代矣

成祖文皇帝

明万历程荣刻《汉魏丛书》本《潜夫论》

印文：志祖校过（白文）

印文：臣陈宝熀（朱文）

孙志祖（1737-1801），字贻谷，一作颐谷，号约斋，浙江杭州人。清乾隆三十一年（1766）进士，历官刑部主事、江南道监察御史，晚年掌紫阳书院，著有《家语疏证》《读书脞录》等。《清史稿》载：『志祖清修自好，读经史必释其疑而后已。』其家五世藏书，藏书处名寿松堂，孙星衍称其：『杜门著述，博物识古，书无不览，所藏卷帙皆校勘谬误，丹黄殆遍。』所藏后归丁氏善本书室。

陈宝熀，无考。

潛夫論卷一

漢　安定王符著　黄嘉惠閲

讃學第一

天地之所貴者人也聖人之所尚者義也德義之所成者智也明智之所求者學問也雖有至聖不生而智雖有至材不生而能故志曰黄帝師風后顓頊師老彭帝嚳師祝融堯師務成舜師紀后禹師墨如湯師伊尹文武師姜尚周公師庶秀孔子師老聃若此言之而信則人不可以不就師矣夫此十一君者皆

清吴翌凤抄本《石柱记》

印文：吴翌凤枚庵氏珍藏（朱文）

吴翌凤（1742-1819），亦作翼凤、翊凤，初名凤鸣，字伊仲，号枚庵，一作眉庵，晚号漫叟，别署小匏，原籍安徽休宁，侨居江苏苏州。工诗文，善书画，精金石，自少即有书癖，贫不能购时，日夜手抄。张金吾记其『书法秀逸，手书秘册，几及千卷』。积书近七十年，藏书处有古欢堂、东斋、古香楼、归云草堂等，编有《古欢堂经籍略》《曼香词》等。此印所钤之本即吴翌凤抄本，前后皆有其钤印。

石柱記

唐金紫光祿大夫行湖州刺史上柱國魯郡開國公顏真卿撰

後學蘿邨蔣國祥校

烏程縣舊緊今望鄉四十里二百東去蘇州二百一十里南去杭州一百八十九里西北去揚州六百四十七里西去宣州三百一十七里北去東都二千八百七十五里北去上都三千七百七十六里

帝顓頊塚

吳大帝陵

吳景帝陵

鈕皇后陵

旧抄本《刘宾客文集》

印文：得此书，费辛苦，后之人，其鉴我（白文）、仲鱼图象（朱文）

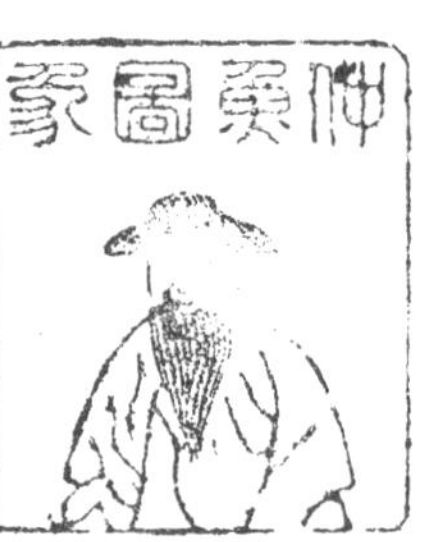

陈鳣（1753-1817），字仲鱼，号简庄，浙江海宁人。家藏书十万余卷，不乏宋、元刻本，常手自抄摹，次第校勘，极为精审，其藏书处有向山阁，著有《续唐书》《诗人考》《石经说》及《经籍跋文》等，尤为学者重视。与黄丕烈、钱大昕、翁方纲等名家训诂文字，探讨版本，以相互质疑问难为乐。其藏书印中最著名的两方就是『得此书，费辛苦，后之人，其鉴我』和『仲鱼图象』，将自己小像刻入藏书印者极为罕见。

仲魚圖象

明蓝格抄本《唐开元占经》

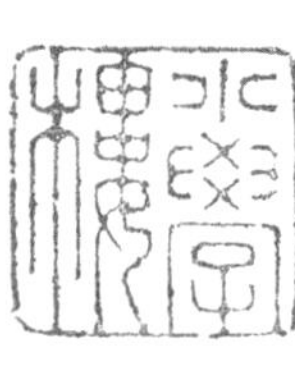

印文：小学楼（朱文）、王宗炎所见书（朱文）

印文：蟫隐庐所得善本（朱文）

王宗炎（1755–1825），原名琰，字以除，号穀塍，晚闻居士，浙江萧山人。清乾隆四十五年（1780）进士，未授官而归，著书教授，垂五十年，著有《晚闻居士遗集》。藏书甚富，筑藏书楼曰十万卷楼，堂号重论文斋。沈豫《补今言》载：『萧邑藏书之富，穀塍王经师家筑十万卷楼、陆氏寓赏楼、陈氏湖海楼……王、汪诸君，皆精于郑、孔小学，非炫饰斯文、徒夸排比者可拟也。』此书尚有『小学楼』藏书印一枚，或亦王宗炎藏书印。

罗振常（1875–1943），字子经，一字子敬，号心井、邈园，浙江上虞人。近代学者、藏书家罗振玉之弟。曾在上海设蟫隐庐书肆，藏书同时亦业书，每遇宋元精本、名家校抄，辄摩挲竟日不去手。女婿周子美将其所藏编成《善本书所见录》。『蟫』又称『衣鱼』，即蠹虫，体长而扁，有银灰色细鳞，喜藏于书中，会咬坏书籍，虽然属于害虫，但读书人多以其自喻，以表达希望埋首书中的愿望。

唐開元占經卷六

唐　瞿曇悉達撰

日占二

日晝昏一

春秋感精符曰日者陽之精曜魄光明所以察下夫以照滅晝晦甚所懼也　春秋緯曰后族專權謀爲國害則日晝昏　京氏曰奸臣盛日晝昏　春秋運斗樞曰日晝昏之異臣爲政蔑制持專權跋扈陰驕舒雒罪級曰日晝昏不言擅畔　石氏曰日晝昏行人無影到暮不止刑急民無聊生不出二年大水下田不收　甘氏曰日晝昏烏羣鳴天下國家分析臣持政不出五年中

開元占經　卷六

清抄本

《宣德鼎彝考》

印文：文选楼（朱文）、扬州阮氏琅嬛仙馆藏书印（朱文）

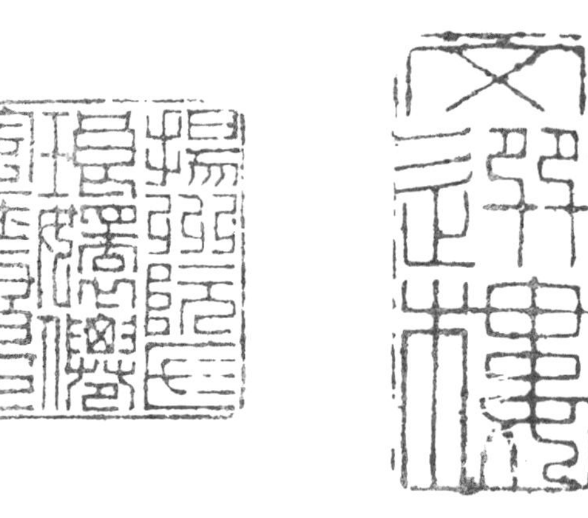

阮元（1764–1849），字伯元，号芸台、雷塘庵主，谥文达，江苏仪征人。清乾隆五十四年（1789）进士，官至体仁阁大学士，毕生竭力提倡学术，在广州创立学海堂，在杭州创设诂经精舍、灵隐书藏，并刊刻大量典籍。其堂号有文选楼、琅嬛仙馆、揅经室等，著有《四库未收书目提要》《畴人传》等。

宣德鼎彝考卷之六

太子太傅禮部尚書臣呂震奉敕編次

郊壇圜丘

昊天上帝　太祖高皇帝配享供奉乾宫卦象鼎二座

倣宋祥符禮器圖制鼎高二尺四寸耳高一寸八分腹深八寸足高一尺四寸二分兩耳三足體圓重十六觔八兩十二錬洋銅鑄成赤金純裏鼎腹細鈒乾宫卦象及雲雷之紋下有陽識大明宣德年製六字㔹印款真書二鼎款同臣等謹按大明會典洪武初元建郊壇於南京鍾山之陽冬至日致

清道光十三年张廷济抄本《金石图》

印文：张济印（白文）、汝霖（朱文）

张廷济（1768–1848），原名汝林，字顺安，后字叔未，号海岳庵门下弟子，晚号眉寿老人，浙江嘉兴人。清嘉庆三年（1798）解元，不应仕途，隐居林下，以图书金石自娱，收藏鼎彝碑版图籍甚多，精金石考据之学，堂号有清仪阁、眉寿堂、桂馨堂等，有《清仪阁题跋》《清仪阁所藏古器物文》等。此书中尚有其『张氏珍藏』白文印。清光绪二十一年（1895），沈镜臣辑张廷济所治印章为《清仪阁印存》，每面一印，并拓有边款。

右漢碑陰高四尺濶二尺厚三寸字徑八分碑載吏人官爵姓名似亦報德題名之為而頗剥裂不可讀正面無文字莫考其所謂然觀其碑形隸法足知其為漢矣是碑曲阜顔樂清懋倫得之藏置其家懋倫好古士與余善碑兩面隱隱有竹葉文或謂之竹葉碑云

清顾千里稿本《楼碧词》

印文：顾广圻印（白文）、千里（朱文）

顾广圻（1770–1839），字千里，号涧薲，思适居士，江苏苏州人。清嘉庆诸生，师从江声、惠栋，与黄丕烈、钱大昕等为友，尤精于目录和校勘，孙星衍、张敦仁、秦恩复等名家相继延聘校书，每校完一书，作考异或校勘记于书后，辑为《思适斋集》。藏书界素有『顾批』『黄跋』『毛抄』『劳校』四大名品之说，其中『顾批』即指顾广圻所批校之本。李兆洛谓其：『安得古书，尽经君手。凡立言者，藉君不朽。书有时朽，先生不朽。』

舊譜新詞寫碧羅，年年傳遍雪兒歌。
阿誰取入禁譚續，山抹微雲本事多。
陽春屬和數仁知，黄九偏難得並時。若索
賞音到狂客，文通善恨屏謂子長康康癖。

元和顧廣圻拜題

清嘉庆八年裕瑞稿本《萋香轩文稿》

印文：思元主人（朱文）、裕瑞之印（白文）

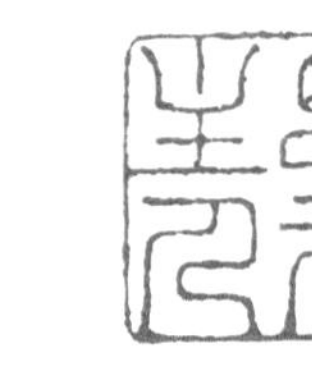

爱新觉罗·裕瑞（1771-1838），字思元，号思元主人。清初第一代和硕亲王多铎五世孙，曾被封不入八分辅国公，历任镶白旗蒙古副都统、镶红旗满洲副都统、正白旗护军统领等职，后因故革去一切官爵，并遣圈禁。一生工诗善文，曾亲绘西洋地球图，善绘、尤精于兰竹，所著有《樊学斋诗集》《清艳堂近稿》等书，其中《枣窗闲笔》是最早研究《红楼梦》的著作之一。

風雨遊記

庚申之夏六月朔後一日余宿直于火器營之公館晚飯後無事思小出納涼遂命土人前導向北遊里餘見一土山綿延極望上生雜樹千株桃柳松槐濃陰冪麗如翠幄遮天四面

清王芑孙批抄本《词赋》

印文：芑孙审定（朱文）

王芑孙（1775–1818），字念丰，号铁夫、惕甫，别号楞伽山人，江苏苏州人。清乾隆五十三年（1788）举人，曾任华亭县教谕。善诗文，工书法，擅治印，取法浙派黄易，又参汉法，印风浑朴苍莽，印款古秀，辑有《古赋识小录》，著有《碑版广例》《渊雅堂集》等。其藏书处有渊雅堂、沤波舫、楞伽山房，自谦藏书仅万卷，与当时藏书大家吴翌凤、黄丕烈等往还唱和。

石渠惇誨賦

讀班氏之西都考藏書之舊迹既建閣以臨渠復沿流而甃石較虎觀以崇閎儷嫏嬛之開闢騰祥輝于朝旭棲比井幹綿細縠于春瀾池連太液爰啟儒林乃敷講席宣輿旨于韋編吐奇芬于竹册稽論乎異同探討乎朝夕寧比夢飛白鳳甘泉獻賦之儔將同精感青藜天禄談星之客蓋自君稱好古路廣獻書旁搜大倫博采無餘材莫老乎伏勝學莫醇乎仲舒朱則折角著號鄭則帶草擅譽中壘則父子迭校夏侯則大小相疏各師承之有自亦討論之非虛迺斯閣之特創命儒臣而

清嘉庆四年许宗彦刻本《石经考文提要》陈运彰跋

印文：石经阁（朱文）

印文：蒙盦曼士鉴藏（朱文）

冯登府（1783–1841），原名鸿登，一作登甫，号柳东、云伯、勺园、杨柳官，别署小长芦旧史等，浙江嘉兴人。清嘉庆二十五年（1820）进士，曾任将乐县知县，后任宁波府教授，后归勺园著书立说为业，藏书处为石经阁。鸦片战争时宁波沦陷，冯登府闻讯后忧愤交加，咯血而死。所著颇富，尤以金石类著述见称于世，如《石经考异》《金石综例》《闽中金石录》等。

陈运彰（1905–1955），原名彰，字君谟，又字蒙庵（也署蒙厂、蒙父等），号华西、证常等。斋号有华西阁、纫芳簃等。原籍广东潮阳，长于上海。近代著名词人，为临桂派词家况周颐入室弟子。擅书画，精篆刻，有印癖，收藏金石书画善本颇富。陈运彰喜欢在词集上撰写题跋，且每篇题跋之署款、用印皆不同，在选择用印时颇为精心。他的题跋有时墨色亦有变化，黑、蓝、红、紫皆见，故经他题跋之本，往往鲜艳异常。

石經考文提要第一

周易

監本用王弼本今从御纂周易折中用呂祖謙所定經二卷傳十卷以復孔氏之舊

上經比初六　有它吉　監本作有他今从御纂周易折中武英殿本陸德明經典釋文唐石經李鼎祚易傳南宋石經宋本九經南宋巾箱本宋本周易注疏岳珂本張載易說郭雍大易粹言朱震漢上易傳李衡周易義海撮要沈該易小傳趙彥肅復齋易說王宗傳童溪易傳王申子大易輯說董楷周易傳義附錄俞琰大易集說胡一桂易本義附錄纂注胡炳文周易本義通釋董眞卿周易會通下有它吝有它不燕有它吉也竝同

否九五　繫于包桑　監本作苞桑案周易包字凡九見唐石經於下經姤

清彭君瑞抄本

《古文卅三篇》

印文：吴氏让之（白文）、一览众山小（白文）

吴让之（1799–1870），原名廷飏，字熙载，因避皇帝讳，更字让之，号晚学居士，江苏仪征人。博学多能。师从名家包世臣，尤擅治印，一生刻印数以万计，恪守师法又能自成面目，为世人所崇尚。传世有《师慎轩印谱》《吴让之印谱》等。张舜徽称其：「安吴包氏之入室弟子，以仪征吴让之熙载为最有名。善各体书，兼工铁笔，而皆渊源于邓石如……论者谓其一生多艺，而刻印第一，书法自逊，盖定评已。」

共選古文三十三篇

明嘉靖十九年刻《百家诗》本《权德舆集》

印文：涤生（朱文）、国藩之印（白文）

印文：新建怀来书院藏书（朱文）

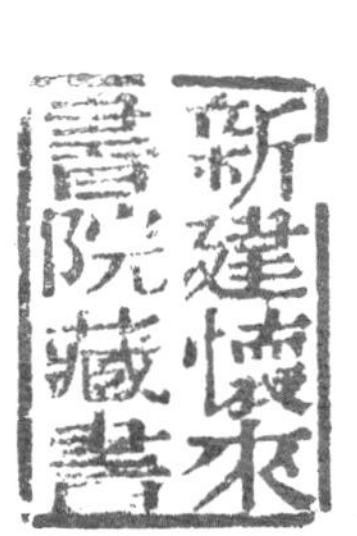

曾国藩（1811–1872），字伯涵，号涤生，湖南湘乡人。清道光十八年（1838）进士，官至大学士、两江总督，曾带领湘军平定太平天国运动，对于晚清的历史进程影响极大。无论是平时居家还是行军打仗，皆手不释卷，尤其对于晚清官书局的建立厥功至伟。其在家乡湘乡建起的富厚堂内设有多个藏书室，如求阙斋、归朴斋、筱咏斋、艺芳馆、思云馆等，每室皆有藏书。

书院藏书是中国古代藏书体系中的一大分支，然以今日留存古籍所见，钤有书院藏书章的古籍并不多见，此书天头所钤『新建怀来书院藏书』即当年怀来书院藏书章。『新建』或为新建县，即今日的南昌新建区，曾国藩平定太平天国时，曾驻军南昌，此书极有可能为当年曾国藩捐赠给怀来书院之物。

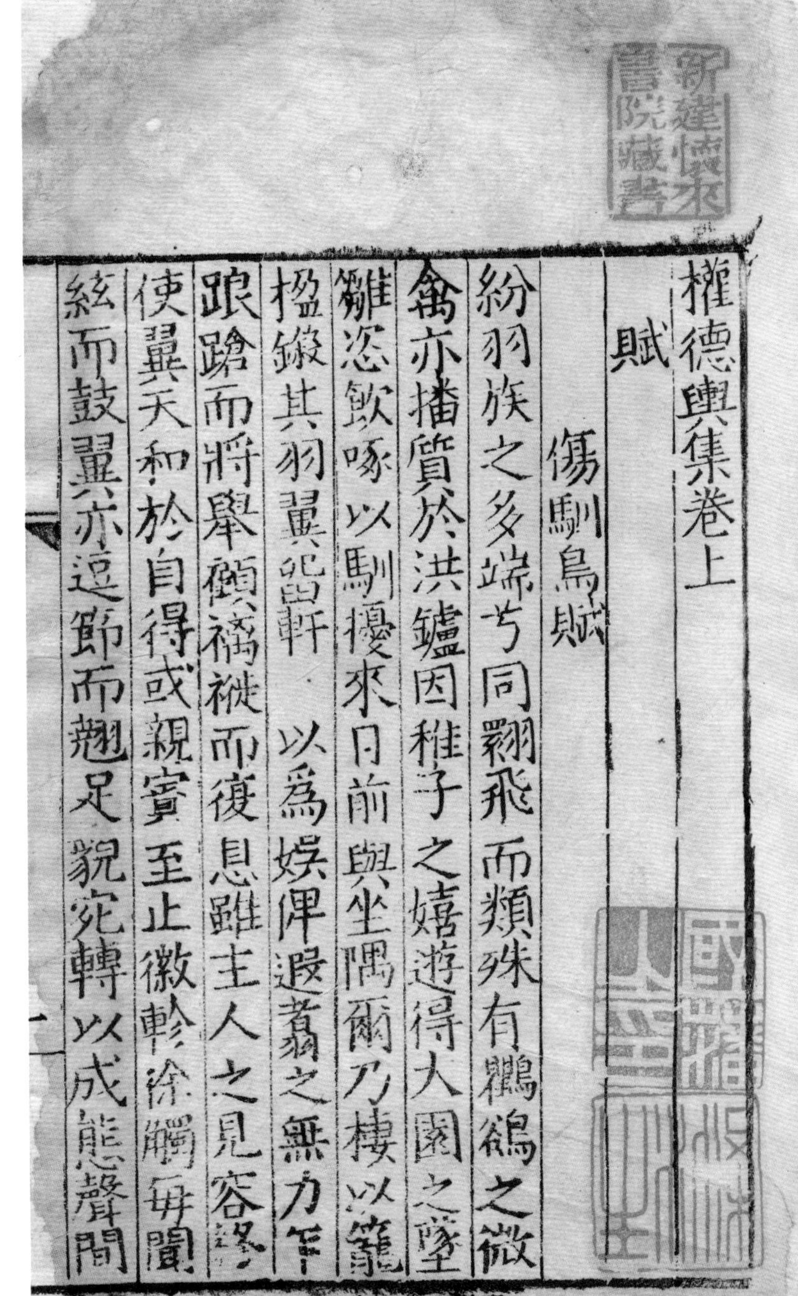
權德輿集卷上

賦

傷馴鳥賦

紛羽族之多端兮同翺飛而類殊有鸜鵒之微禽亦播質於洪鑪因稚子之嬉遊得大園之墜雛恣飲啄以馴擾來日前與坐隅爾乃棲以籠檻鎩其羽翼嚚軒　以爲娛俾遐翥之無力乍踉蹌而將舉顧褵褷而復息雖主人之見容終使翼天和於自得或親賓至止徽軫徐觸毋闐絃而鼓翼亦逗節而翹足貌宛轉以成態聲間

明刻本《管子》

印文：城西草堂（朱文）

徐时栋（1814–1873），字定宇，一字同叔，号柳泉、淡斋，浙江宁波人。晚清著名学者、藏书家，同时也是浙东著名经史学家、方志学家和教育家。其先后建起多座藏书楼，最初为恋湖书楼，后更名烟屿楼。后又建起城西草堂，遗憾的是城西草堂于清同治二年（1863）不戒于火，楼与书一同化为灰烬。城西草堂遭焚后，徐时栋又建起了水北阁，此为其生前使用的最后一座藏书楼。今烟屿楼尚存，水北阁移建入天一阁内。

管子序

嘗觀太史公曰余讀管氏牧民山高乘馬輕重九府等篇詳哉其言之也已而觀諸輕重所條米鹽偎屑可醜如大駔艮賈素封文守之家將唾不用奈何管氏以傳此名乃知全書多

清乾隆刻《知不足斋丛书》本《相台书塾刊正九经三传沿革例》

印文：柳泉（朱文）、月湖长（白文）

徐时栋一生藏书、著述、课徒，先后有藏书楼三座，分别为恋湖书楼（后改名烟屿楼），城西草堂和水北阁，与书相伴五十余载。其恋湖书楼之『湖』，即宁波月湖，当时月湖畔尚有天一阁、月湖书院和文昌阁，一时风雅无限，徐时栋刻此『月湖长』之印，多少有管领风光无限之意。

前余贈皇氏論語義疏一部初印本也卷末有
臣王亶望恭刊一行蓋其為浙撫時刻以進
呈者及王敗板歸鮑氏鮑氏入之叢書第七集中
故鮑刻叢書每葉中縫下皆有知不足齋叢書
六字惟皇疏無之今此本中縫乃刻桐華館訂
正本六字想亦他家所刻後乃歸鮑者耶
同治五年八月朔夕徐時棟記
又按桐華館為桐鄉金氏亦同時藏書家也

明嘉靖芝秀堂刻本《古今注》

印文：劳权之印（白文）、丹铅精舍（朱文）、蟫盦（朱文）

印文：劳格（朱文）

劳权（1818-?），字平甫，一字巽卿，号蟫隐、饮香词隐、双声阁主人，浙江杭州人。其家累世藏书甚富，抄本尤多，堂号有学林堂、铅椠斋、拂尘扫叶楼、沤喜亭等。藏书界素有「顾批」「黄跋」「毛抄」「劳校」四大名品之说，其中「劳校」即指劳权与其弟劳格的抄本和批校之本。

劳格（1820-1864），字季言，一字保艾。毕生以校勘金石文字为事，与劳权共用「丹铅精舍」堂号。

本书另钤曹大铁（曹氏简介见第一五八页）藏书印数方。

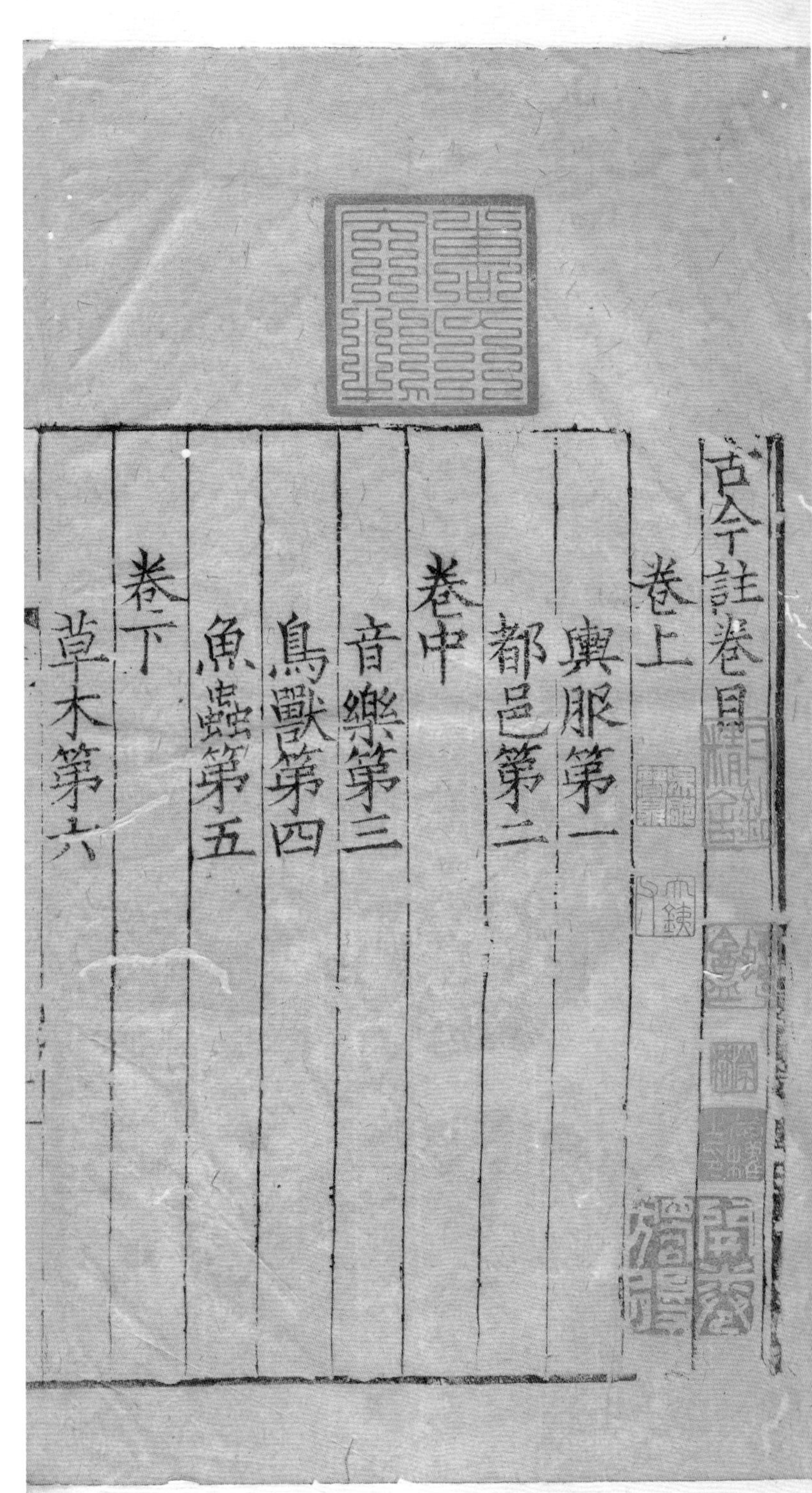
古今註卷目

卷上

輿服第一

都邑第二

卷中

音樂第三

鳥獸第四

魚蟲第五

卷下

草木第六

清乾隆十五年鲍氏知不足斋刻本

《历代纪元汇考》

印文：振常私印（白文）、舒盦（朱文）

钱振常（1825–1898），原名福宗，字笪仙，号学吕，浙江吴兴人。清同治十年（1871）进士，曾官礼部主事，授中宪大夫，晚年出任扬州书院山长。吴兴钱氏为吴越国王钱镠之后，一门俊杰，钱振常长子钱恂，是中国最早的外交家之一，其妻单士厘是中国第一位走向世界的知识女性。次子钱夏后改名玄同，是现代著名文字音韵学家，『五四』新文化运动的倡导者之一。孙钱三强，著名物理学家。

吾友萬季野先生博極羣書尤熟於史自三皇帝紀以曁二十一史勝國實錄無不背誦如流隱居甬上崑山徐大司寇聞其名延至京師會朝廷方開明史局諸公屬以編纂司寇去華亭王大司空復禮延之余來京師與之游者十餘年每見則問近看何書有何著述勤勤以年老時邁毋荒歲月爲戒嗚呼此豈今世之人哉壬午正月先生誕辰余與諸友醵金往壽先生曰余不敢當也雖然諸君厚意不可卻余有歷代紀元彙攷一書其以是爲剞劂資子且爲我序之時先生已患脚氣余諾之而不暇爲及四月工未竣而先生沒陳子素堂爲竟其事余乃序之以行世

紀元彙考序　一

日本文化十三年刻本

《童蒙训》

印文：独山莫祥芝图书记（朱文）

莫祥芝（1827–1890），字善征，号九茎，晚号拙髯，贵州独山人。晚清干吏，曾跟随曾国藩平定太平天国，后任太仓知州。父亲莫与俦、兄莫友芝、弟莫庭芝均为著名学者，莫友芝为著名藏书家，受兄长影响，莫祥芝亦嗜藏书，曾访得唐代写本《说文》残卷，还资助兄长从事学术研究和写作，出资刻书。其子莫棠亦藏书家，此册有莫棠藏书印若干。

此书尚有『曲阿胡氏珍藏书籍图记』朱文印和『莫天麟印』白文印。

童蒙訓卷上

呂氏　本中　居仁

學問當以孝經論語中庸大學孟子爲本熟味詳究然後通求之詩書易春秋必有得也既自做得主張則諸子百家長處皆爲吾用矣

孔子已前異端未作雖政有汚隆而教無他說故詩書所載但說治亂大槩至孔子後邪說並起故聖人與弟子講學皆深切顯明論語大學中庸皆可考也其後孟子又能發明推廣之

大程先生名顥字伯淳以進士得官正獻公爲中丞

清方功惠碧琳琅馆抄本《汲古阁珍藏秘本书目》

印文：巴陵方功惠柳桥印（朱文）、碧琳琅馆（白文）

方功惠（1829–1900），字庆龄，号柳桥，湖南岳阳人。出身官宦世家，以父荫任广东监道知事，官至潮州知府。在广东任职三十余年，藏书二十余万卷，在广州建有藏书楼碧琳琅馆，时人称其『富书不富贵』，其堂号尚有十文选斋、玉笥山房及传经堂，所藏有『粤城之冠』之谓。岳阳古称巴陵，故其藏书印自称『巴陵方功惠』。去世后，其后人将碧琳琅馆旧藏捆载入京，散于书肆。

汲古閣珍藏秘本書目　毛扆斧季書

李鼎祚易解十本　宋板影抄　五兩

元板周易兼義八本　四兩

易説二本　綿紙硃砂格舊抄　六錢

關氏易傳　正易心法　潛虛發微論合一本　舊抄　六錢

關氏易傳一本　精抄　三錢

繫辭精義二本　宋板精抄　三兩

易象膚解三本　舊抄　九錢

麻衣道者正易心法一本　舊抄　一錢

清王筠稿本《说文韵谱校》

印文：二金蝶堂藏书（朱文）

印文：北皮亭刘氏所藏秘笈（朱文）、皕印斋（白文）

赵之谦（1829–1884），初字益甫，号冷君，后改字撝叔，号悲庵、无闷等，浙江绍兴人。赵之谦在篆刻上成就极大，其治印取材广泛，意境清新，突破秦汉玺印的模式，将魏书阳文、图案造像等引入边款，影响深远。近代吴昌硕、齐白石等大家都受他影响。其藏书处为二金蝶堂，室名缘自其万里寻父骨骼，由墓中飞出两只金蝶，遂以此颜斋。其自制印谱亦名《二金蝶堂印谱》。

此书钤有刘驹贤（刘氏简介见第一三〇页）藏书章多枚，由藏章可知刘驹贤除了字『千里』，尚有『北皮亭』以表藏家籍贯（北皮亭，古地名，在今河北盐山附近）。藏书印除了证明古书曾经为谁所有，记录流通过程之外，还能补史之不足，由此印即可见一斑。

錢氏韻譜校序例

今之作此書特以讀說文者檢字不得乃今現用陸氏韻書何由知切韻部分而特以此為捷徑是篇之緜雖也特是李舟切韻世無傳本而此書猶存其梗概故致用力不厭瑣屑者不為說文計特為切韻計也後則所錄之說文為知非切韻所不收而必存之為何也字以羨字亂而瀆多誤之所收不雜及少於前是由傳寫既久潤佚滋多而抱殘守獨者不敢譏視其學富萬卷者比比朱竹垞翁覃溪兩先生又不屑之於一書遂使此書不可讀故補之也新附雖多俗字猶於注中略之而本

清道光吴氏璜川书塾刻本《释名》

印文：松江沈氏藏本（朱文）

印文：乌程蒋祖诒藏书（朱文）

沈树镛（1832–1873），字均初，一字韵初，号郑斋，上海人。清咸丰九年（1859）举人，官内阁中书，喜收书画、古籍、金石等，尤其喜爱碑帖，且精于考订，堂号有汉石经室、养花馆、宝董室、灵寿华馆等，俞樾称其：『沈家收藏金石之富，甲于江南。』著有《汉石经室金石跋尾》《郑斋金石题跋记》《养花馆书画目》等，与赵之谦合编《补寰宇访碑录》。

蒋祖诒（1902–1973），字湛清，号榖孙，浙江乌程人。著名藏书家密韵楼主人蒋汝藻之子，因为出身收藏世家，故从小受到熏陶，擅长书画、古籍、碑帖鉴定，精于版本目录之学。民国间蒋氏所经营企业遭重创，蒋祖诒开始从事书画古玩生意，成为著名的古董商人，经手、过眼名家真迹无数。后经香港赴台湾，曾任台湾大学教授，并在台湾整理出版《传书堂善本书目》。

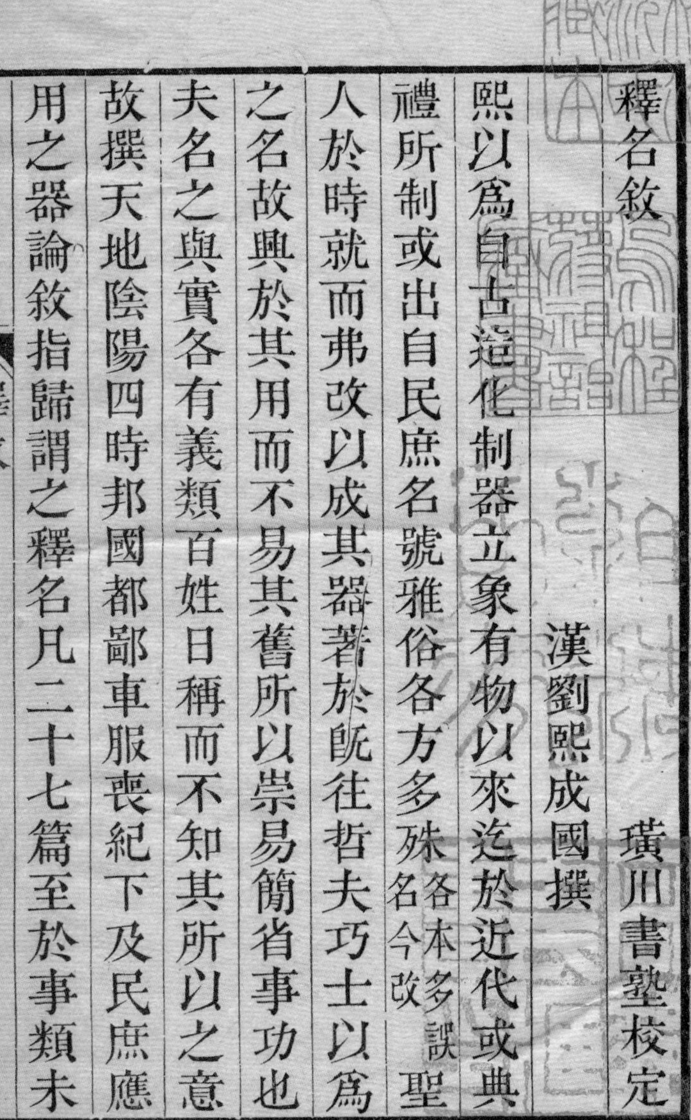

釋名敘　　　　璜川書塾校定

漢劉熙成國撰

熙以爲自古造化制器立象有物以來迄於近代或典禮所制或出自民庶名號雅俗各方多殊（各本多誤名今改）聖人於時就而弗改以成其器著於旣往哲夫巧士以爲之名故興於其用而不易其舊所以崇易簡省事功也夫名之與實各有義類百姓日稱而不知其所以之意故撰天地陰陽四時邦國都鄙車服喪紀下及民庶應用之器論敘指歸謂之釋名凡二十七篇至於事類未

清李文田抄本《浮物》

印文：仲若所藏图籍（朱文）

李文田（1834–1895），字畬光、仲约、仲容，号芍农、若农，广东顺德人。清咸丰九年（1859）探花，授翰林院编修，曾任顺天学政、礼部右侍郎等，入直南书房，是清代著名的蒙古史专家和碑学名家。其藏书处为泰华楼，以其藏有秦《泰山石刻》宋拓本及汉《华山庙碑》宋拓本，各取一字而成。其藏书后来被京师图书馆（今国家图书馆）收购一部分，另一部分曾归邓之诚，后捐于中国科学院图书馆（今中国科学院文献情报中心）。

浮物

金聲玉振集　撰述

氣水言浮物韓公語也蓋以水大則物畢浮氣盛則言皆宜余氣水知何如然不廢養也時衡口得一二言或幾十伯言因稡之以浮物名期之以察吾氣耳成化丁未長至日吳下祝允明云

道於己自足不足為欠欲於己本不足足為贅人以贅為足妄也足故不足不足故足

得之者學容之者量發之者力成之者天

古之君子仁足以仁天下之不仁義足以義天

清内府写本

《大清文宗显皇帝实录》

印文：吴重熹字仲怿号心樵（朱文）

吴重熹（1838–1918），字仲怡，又作仲饴、仲怿，号心樵、蓼舸、石莲，山东海丰（今山东滨州市）人。官福建按察使、河南巡抚等职。吴氏为藏书世家，其父吴式芬官至内阁学士，为金石学家和考古学家，收藏金石封泥颇富，藏书处名陶嘉书屋。吴重熹藏书处为石莲闇，一作石莲轩，尤多金石拓本，编有《海丰吴氏藏书目》。身后书散，佳本多为东莞藏书家伦明所得。

大清文宗協天翊運執中垂謨懋德振武聖孝淵恭端仁寬敏
顯皇帝實錄卷之二百三十三
咸豐七年丁巳八月己酉朔日食○諭軍機大臣等前因勝
保患病賞假在營調理諭令袁甲三馳赴正陽關暫行統帶
兵勇茲據袁甲三奏稱俟渦北肅清即移營督攻韓圩兼防
正陽後路等語自係尚未接到前旨現在英桂因禹窑一帶
匪徒日熾帶兵親往督勦勝保又患病給假正陽正在攻勦
喫緊之際各路兵勇必須有人統帶袁甲三著即馳往正陽
暫行接辦其渦北韓圩之賊即著史榮椿朱連泰分路督兵
攻勦並嚴防該匪回竄之路袁甲三俟分撥定妥即赴正陽

清初赵氏小山堂抄本《默斋遗稿》

印文：謏闻斋（白文）、竹泉珍秘图籍（白文）

印文：重熹鉴赏（白文）

印文：孙辅元印（白文）

顾锡麒，字竹泉，一字敦淳，清咸丰、同治间江苏太仓人。堂号謏闻斋，自幼即有书癖，尤酷爱宋元旧版，庋藏不下数百种，多为名家黄丕烈、汪士钟两家故物，后散出，多为上海郁松年宜稼堂和涵芬楼所得。顾氏尚有一方大藏书印，印文长达一百一十七字，殷嘱之后得此书者多加爱惜，该印文中有云：「伏望观是书者，倍宜珍护。即后之藏是书者，亦当谅愚意之拳拳也。」

吴重熹（吴氏简介见第六六页）印。伦明《辛亥以来藏书纪事诗》咏吴重熹时有云：「海丰吴子苾观察式芬，及其子仲饴侍郎重熹，累代积书，刊有《捃古录金文》《九金人集》行世。」

孙辅元，字俌之，号寻云，清代杭州人。贡生，擅书法，有董其昌笔意。丁丙称其：「俌之家富缥帙，兼精翰墨，规橅香光，窥见堂奥。」为寿松堂孙氏后人。

默齋遺稿

建陽游九言字誠之

詩

園鶴

擲米不盈掬羣雀下堦除昂〻圃中鶴飯糗不可呼
嬉翔白雲外飲啄青山隅日淡煙水鄉風曬翎羽舒
羣雞汝自況乘軒我何拘秋原忽清唳杳〻聞碧虛
志士甘水菽三四羞猿狙寄語飛鳴侶悠〻差自如

烏鵲

鴉烏鳴屋山平生不為惡乾鵲噪庭樹一世常牢落

清沈氏抱经楼抄本《群经音辨》

印文：浙东沈德寿家藏之印（朱文）

印文：友云居书画印（白文）、艺兰校本（朱文）

沈德寿（1865-?），字长龄，一字鹤年，号铁仙，又号仰峰、药庵，别号窳民，世为浙江慈溪人。祖辈从商，以药业闻名。清光绪十年（1884），沈德寿拜访藏书家陆心源，登皕宋楼，顿时大开眼界，心向往之，之后也开始藏书，遍搜书肆，兼采旧家所藏，遇有不可得或不成卷帙者，即抄录而归，故其抱经楼中尤多抄本，此本即为其一。又仿《爱日精庐藏书志》和《皕宋楼藏书志》，撰成《抱经楼藏书志》。

刘凤章（1838-?），谱名世桂，字企颜，号艺兰，浙江宁波人。清光绪十一年（1885）举人，师从同邑藏书家徐时栋，笃学嗜古，最喜宋人说经之书，尤其注重乡邦文献，编有《四明艺文志》，搜集甚富，又作《甬上方言考证》，著有《青藜阁集》。其藏书处名友云居、友砚堂、青藜阁。

此书还钤有『长铭之印』，未知主人是谁。

羣經音辨序

朝奉郎尚書司封員外郎直集賢院兼天章閣侍講輕車都尉賜緋魚袋臣賈　昌朝撰

臣聞古之人三年而通一藝三十而五經立蓋資性敏悟材智特出者焉臣自蒙恩

先朝承乏庠序逮今入侍內閣凡二十年年踰不惑裁能涉獵五經之文於五經之道固未有所立嘗患近世字書摩滅惟唐陸德明經典釋文備載諸家音訓先儒之學傳授異同大抵古字不繁率多假借故一字之文音詁殊別者衆當爲辨析每講一經隨而録之因取天禧以來中䆮所志編成七卷凡五門号

清抄本
《海外恸哭记》

印文：真州吴氏有福读书堂藏书（朱文）

吴引孙（1851–1921），字福茨，江苏仪征人。清光绪五年（1879）举人，曾任广东按察使、浙江布政使等职，民国年间寓居上海。吴氏为藏书世家，其祖父吴次山建有测海楼，是扬州著名的藏书楼，又名有福读书堂，藏有古籍七千余种，其中多有元明刻本和名家旧藏，传世有《有福读书堂书目》及《测海楼书目》。吴引孙先后有多枚藏书章，印文皆为『真州吴氏有福读书堂藏书』。

海外慟哭記

往渫在海上與諸友無所事事則相徵逐而為詩諸友唯吳鍾巒張肯堂故以詩名其他雖未嘗為詩愁苦之極景物相觸信筆成什李向中之悲壯朱養時林瑛之淡遠劉沂春感時之篇沈宸荃思親之作 上聞亦時一和之渫時謂諸友之詩即起杜甫為之亦未有以相過也豈天下擾擾多杜甫哉甫所遇之時所歷之境未有諸友萬分之一諸友即才不及甫而愁苦過之適相當也語曰求

清汤贻芬凌云轩抄本《周易》

印文：荃孙（朱文）、云轮阁（朱文）

缪荃孙（1844–1919），字炎之，一字筱珊、小山，号艺风，江苏江阴人。清末著名历史学家、方志学家和文献学家，堂号有艺风堂、云轮阁等，一生从事藏书、校书、编书、刻书。清光绪三十三年（1907），受命筹建江南图书馆（今南京图书馆），奔波于江苏、浙江藏书家之间，抢救出大量即将流入日本的善本古籍，保存了数万册极具文献价值的善本，使当时江南图书馆的馆藏位居全国之首，有『中国近代图书馆鼻祖』之称。

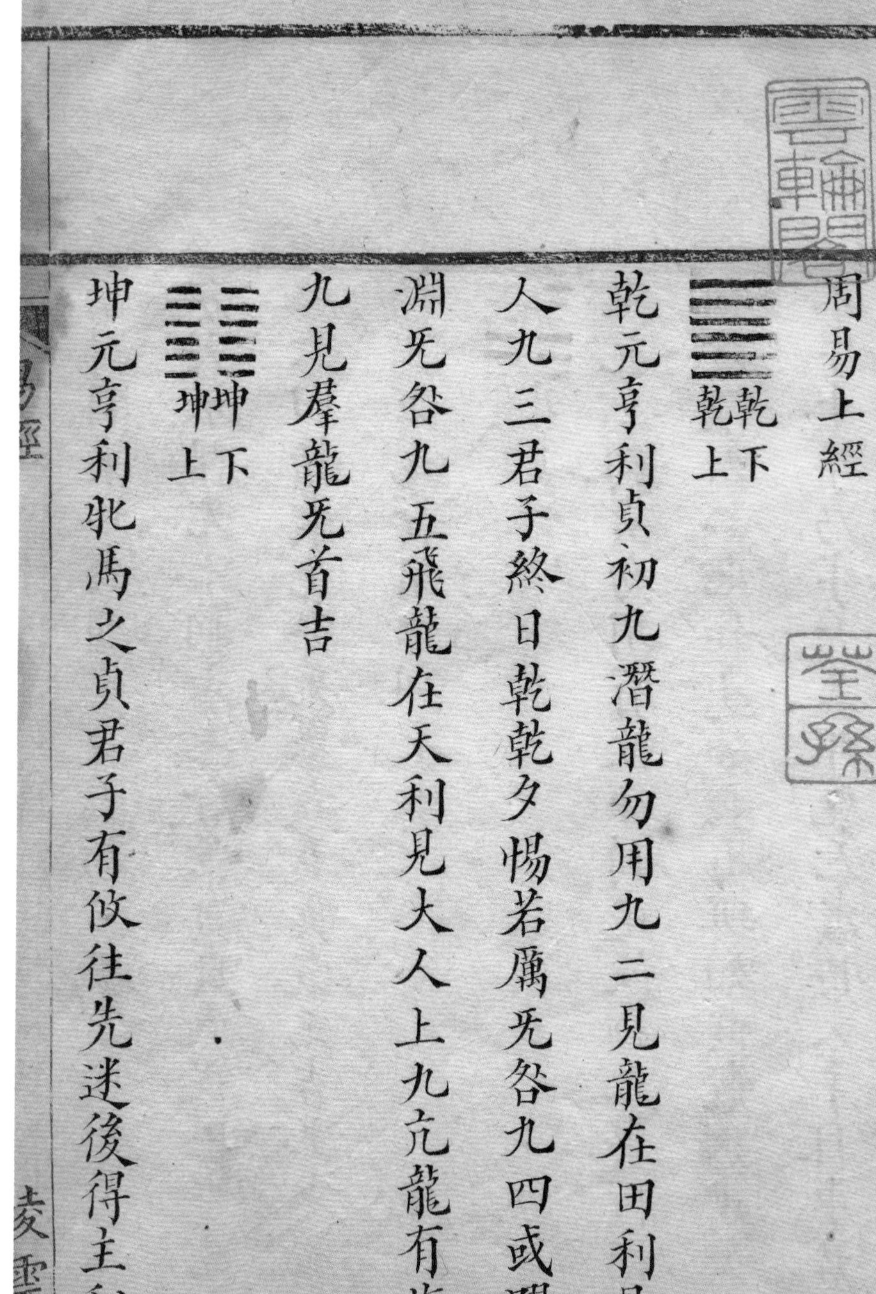

周易上經

䷀乾下乾上

乾元亨利貞初九潛龍勿用九二見龍在田利見大人九三君子終日乾乾夕惕若厲无咎九四或躍在淵无咎九五飛龍在天利見大人上九亢龍有悔用九見羣龍无首吉

䷁坤下坤上

坤元亨利牝馬之貞君子有攸往先迷後得主利西

清抄本

《宣德鼎彝谱》

印文：武昌柯逢时收藏图记（朱文）

柯逢时（1845–1912），字懋修，号逊庵、巽庵、翼庵、钦臣，别号息园，湖北武昌人。清光绪九年（1883）进士，曾任江西按察使、江西布政使、广西巡抚等职。生平最喜藏书、刻书，四部并收，与杨守敬、徐恕并列为湖北三大藏书家。曾刊刻《武昌医学馆丛书》，主修《［光绪］武昌县志》。殁后其藏书由二子分而得之。长子分得子部、集部，次子分得经部、史部。

宣德鼎彝譜序

太子太師華蓋殿大學士兼吏部尚書臣楊

榮奉勅恭撰

蓋聞鳥蹟雲章天垂制作河圖洛篆地起經營商尚質而周尚文列聖規模乎乾造禹鑄鼎而湯銘盤群后惕存乎入鑑亘古及今無不功垂九有績懋千秋恭惟

皇帝陛下聰明睿知度越唐虞虛已[illegible]賢光昭

印文：缘督庐藏书记（朱文）、语石叟（白文）、鞠裳手校（朱椭）、陀罗居室（朱文）

叶昌炽（1849–1917），字颂鲁，号鞠裳、一作鞠常、兰裳，江苏苏州人。祖籍浙江绍兴，晚清金石学家、文献学家、藏书家。清光绪十五年（1889）进士，曾任国史馆总纂官，甘肃学政。堂号有缘督庐、五百经幢馆、治廧室、奇觚庼、辛臼簃、明哲经纶楼。藏书三万卷，著有《语石》《缘督庐日记》及《藏书纪事诗》等，皆为影响后世极深之力作，其中《藏书纪事诗》独创一体，后世多有人仿其体而续之。

禽經

師曠撰

張華注　瀛洲張峻大山氏補注

（補注）爾雅二足而羽謂之禽四足而毛謂之獸邢昺疏云禽者擒也言其力小可擒捉而取獸者守也言其力多先須圍守然後可獲散文則獸亦可禽易云失前禽周禮卿執羔大夫執雁云以禽作六摯是也對文則飛鳥爲禽宋王勉夫以禽經歷代書目不載

清道光十年方培之抄本
《南宋古迹考》

印文：弢斋藏书记（朱文）

徐世昌（1855-1939），字卜五，号菊人、弢斋，晚号水竹村人，直隶天津人。清光绪二十五年（1899）进士，入袁世凯幕，民国五年（1916）擢国务卿，民国七年（1918）任民国大总统，晚年退居天津。世号『文治总统』，曾主持编纂《清儒学案》《晚晴簃诗汇》等。其堂号有书髓楼、晚晴簃、退耕堂等，藏书多至数十万卷。

南宋古蹟攷

錢塘 朱彭 輯

城郭攷

宋史高宗本紀建延三年升杭州為臨安府紹興八年定都心史云宋行在十三門咸淳志紹興二年霖雨城壞二十八年增築內城及東南之外城附於舊城凡十三門東曰便門候潮保安新門崇新東青艮山西曰錢湖清波豐豫錢塘南曰嘉會北曰餘杭水門五曰保安曰南水曰北水曰天宗曰餘杭元張翥蛻庵集有臨安故城圖詩

便門　在東紹興二十八年增築又設西華東便二門遊覽志

清抄本

《鹤洲残稿》

印文：蓉镜（朱文）、豹直余闲（白文）

金蓉镜（1856—1929），初名文田，又名鼎元，字养寿，后更名蓉镜，字甸丞，号香岩居士，浙江秀水（今浙江嘉兴）人。清光绪十五年（1889）进士，曾官直隶知州、永顺知府等职。藏书数万卷，堂号有香岩庵、潜庐等。关心家乡公共图书馆建设，曾发起捐书集款，筹办嘉郡图书馆。藏书同时亦刻书，尝刻《郴游录》《靖州乡土志》《潜庐全集》等。

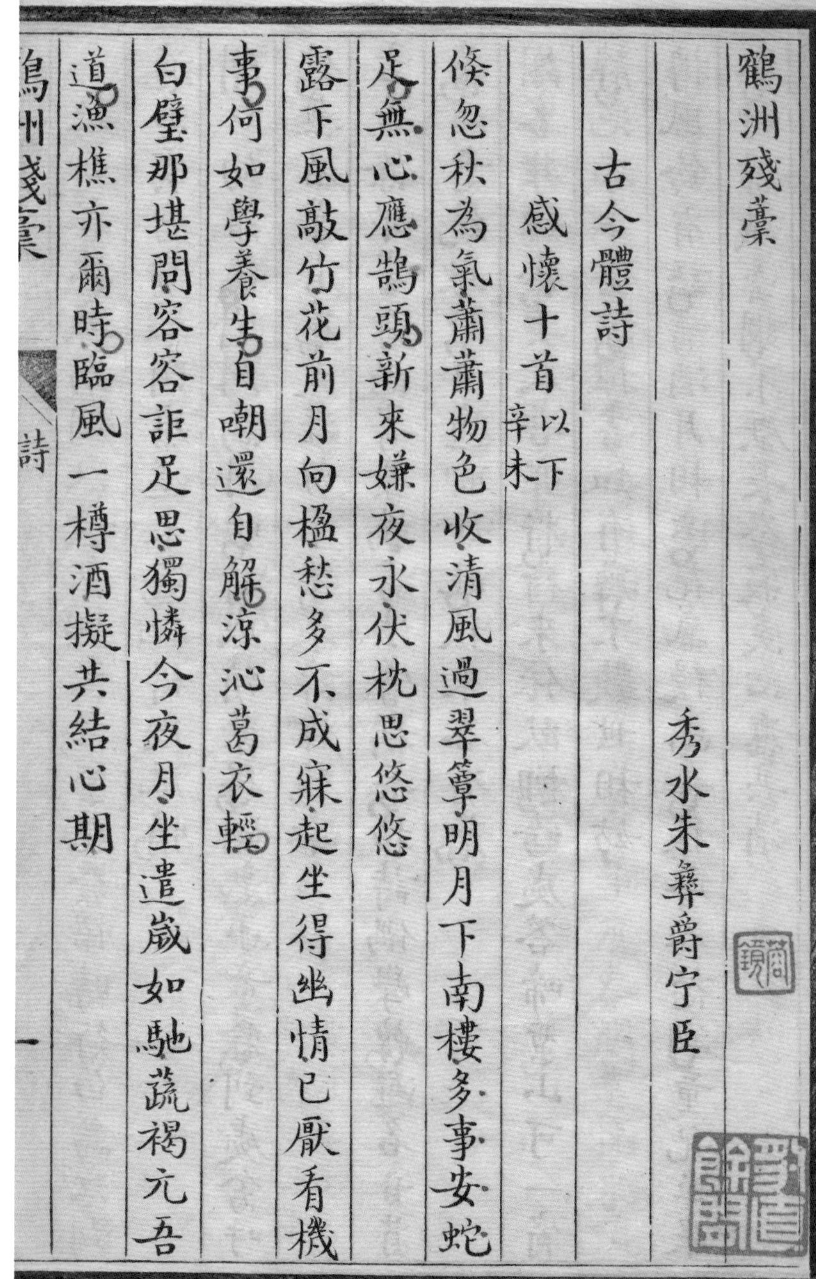

鶴洲殘稾

秀水朱彝爵宁臣

古今體詩

感懷十首 以下辛未

倏忽秋為氣蕭蕭物色收清風過翠簟明月下南樓多事安蛇足無心應鵲頭新來嫌夜永伏枕思悠悠

露下風敲竹花前月向楹愁多不成寐起坐得幽情已厭看機事何如學養生自嘲還自解涼沁葛衣輕

白壁那堪問容容詎足思獨憐今夜月坐遣歲如馳蔬褐元吾道漁樵亦爾時臨風一樽酒擬共結心期

鶴洲殘稾 詩 一

清道光八年杭州爱日轩刻本《绝妙好词笺》

印文：孙桐（白文）、闰支（朱文）

夏孙桐（1857–1941），字闰枝，一字悔生、无悔，号闰庵、悔庵，江苏江阴人。清光绪十八年（1892）进士，官至杭州知府，民国初入清史馆，《清史稿》嘉庆至同治四朝臣工列传及循吏、艺术两汇传，皆出其手。又佐徐世昌辑《晚晴簃诗汇》及《清儒列传》。擅倚声，有『词坛尊宿』之称，撰有《悔龛词》。叶恭绰称其：『悔庵填词极早，平生不事表襮，故知者较稀。今岿然为坛坫灵光，正法眼藏，非公莫属。』

絕妙好詞箋卷一

弁陽老人周密原輯

宛平查爲仁
錢唐厲鶚 同箋

張孝祥

孝祥字安國號于湖烏江人紹興二十四年廷對第一授承事郎簽書鎮東軍判官累遷中書舍人直學士院兼督府參贊軍事領建康留守尋以荆南湖北路安撫使進顯謨閣直學士致仕有于湖集詞一卷

湯衡序紫微詞云于湖平昔爲詞未嘗著稾筆酣興健頃刻即成無一字無來處

念奴嬌 過洞庭

絕妙好詞箋卷一　一

清玉海堂抄本

《刑统赋解》

印文：江阴夏氏观所尚斋收藏金石图籍之印（白文）

观所尚斋为夏孙桐藏书楼堂号之一，曾收得天一阁旧藏明蓝格写本《杂钞》等，尤其留意江阴地方文献，如《大愚老人遗集》《二介诗钞》等。其文集亦以此命名，是为《观所尚斋文存》，叶景葵曾为此文集题识：「气清而辞洁，不以矜才使气而自然合度，知其学养深矣。」

玉海堂鈔書

刑統賦解敘

聖人作刑以明威所以儆媮暴而全民命也舜命臯陶期于無刑法制之立欲民知所懼而不犯故明罰勅法在易為雷電震曜之象聖人忠厚之意至矣呂刑之作起于周衰子產鑄書識者譏焉亦皆出于不得已也秦漢以降科條日繁下逮隋唐比例愈密柴氏有國爰命臣下刊為刑統或者以其文義簡古可亞六經治獄之吏咸所誦習寔百代不易之典夫愚民雖無知

清道光刻本
《小苏潭词》

印文：凭霄阁藏书记（朱文）、况维琦（白文）

况周颐（1861–1926），原名周仪，因避溥仪讳而改名，字夔笙，又作揆孙，号蕙风、玉梅词隐等，广西临桂人。光绪五年（1879）举人，官内阁中书，入民国后寓居上海，以遗老终。况周颐与王鹏运、朱祖谋、郑文焯并称『晚清四大词人』，有《蕙风词》《蕙风词话》等传世，为时所重。其藏书处为兰云菱梦楼、凭霄阁等。长子况维琦，字又韩，渊源家学，兼擅绘画，工山水。女儿况绵初，嫁篆刻家陈巨来为妻。

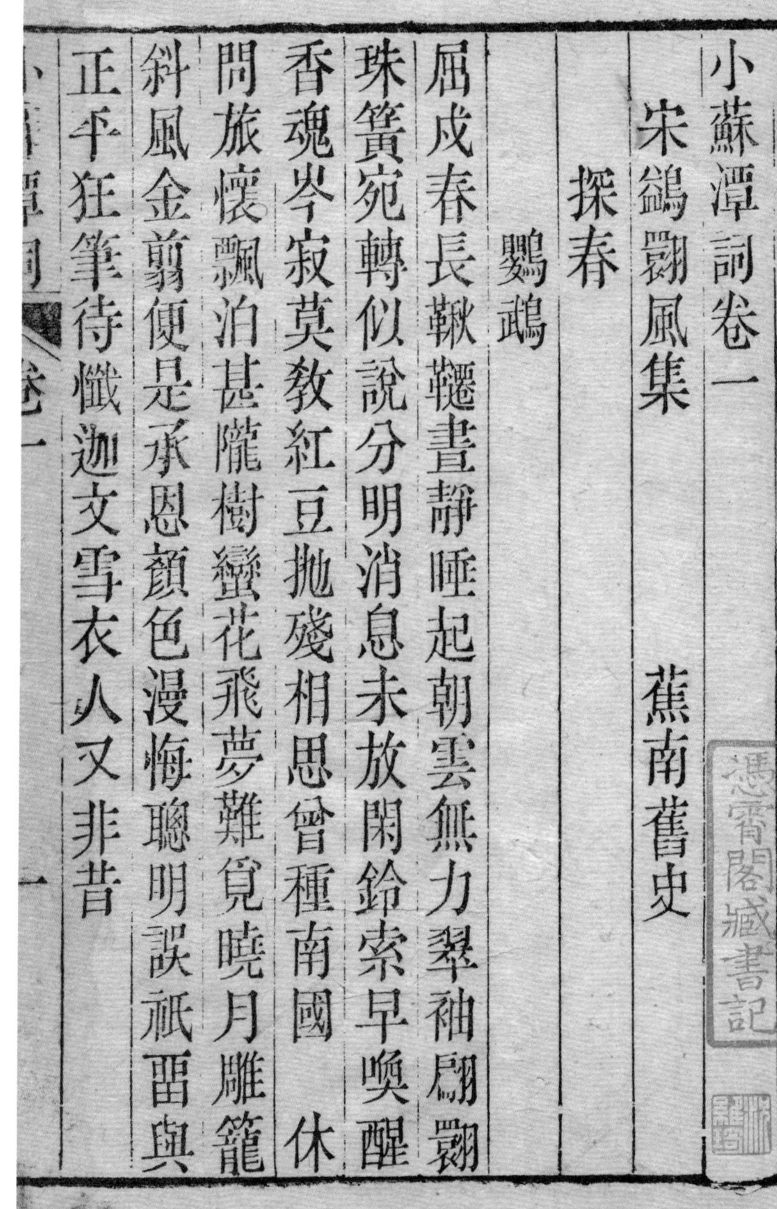

小蘇潭詞卷一
宋鵠翾風集
蕉南舊史
探春
鸜鵒
屈戌春長鞦韆晝靜睡起朝雲無力翠袖翾翾
珠簧宛轉似說分明消息未放閑鈴索早喚醒
香魂岑寂莫教紅豆拋殘相思曾種南國　休
問旅懷飄泊甚隴樹蠻花飛夢難覓曉月雕籠
斜風金翦便是承恩顏色漫悔聰明誤祇留與
正乎狂筆待懺迦文雪衣人又非昔
憑霄閣藏書記

明毛氏绿君亭刻本《三家宫词》

印文：叶德辉焕彬甫藏阅书（白文）

叶德辉（1864–1927），字凤梧，号奂彬，一作焕彬，又号直山、郎园，自署朱亭山民、丽楼主人等，江苏苏州人，徙居湖南长沙。叶德辉是晚清民国时期的著名藏书家，藏书处有观古堂、郎园、丽楼等，藏书二十万卷，编有《观古堂藏书目录》等书，刊刻有《郎园丛书》《观古堂汇刻书》等，所著《书林清话》讲述古代书籍刻版、印刷、装订、贩卖等史实，为所有爱书者案头必备之物。

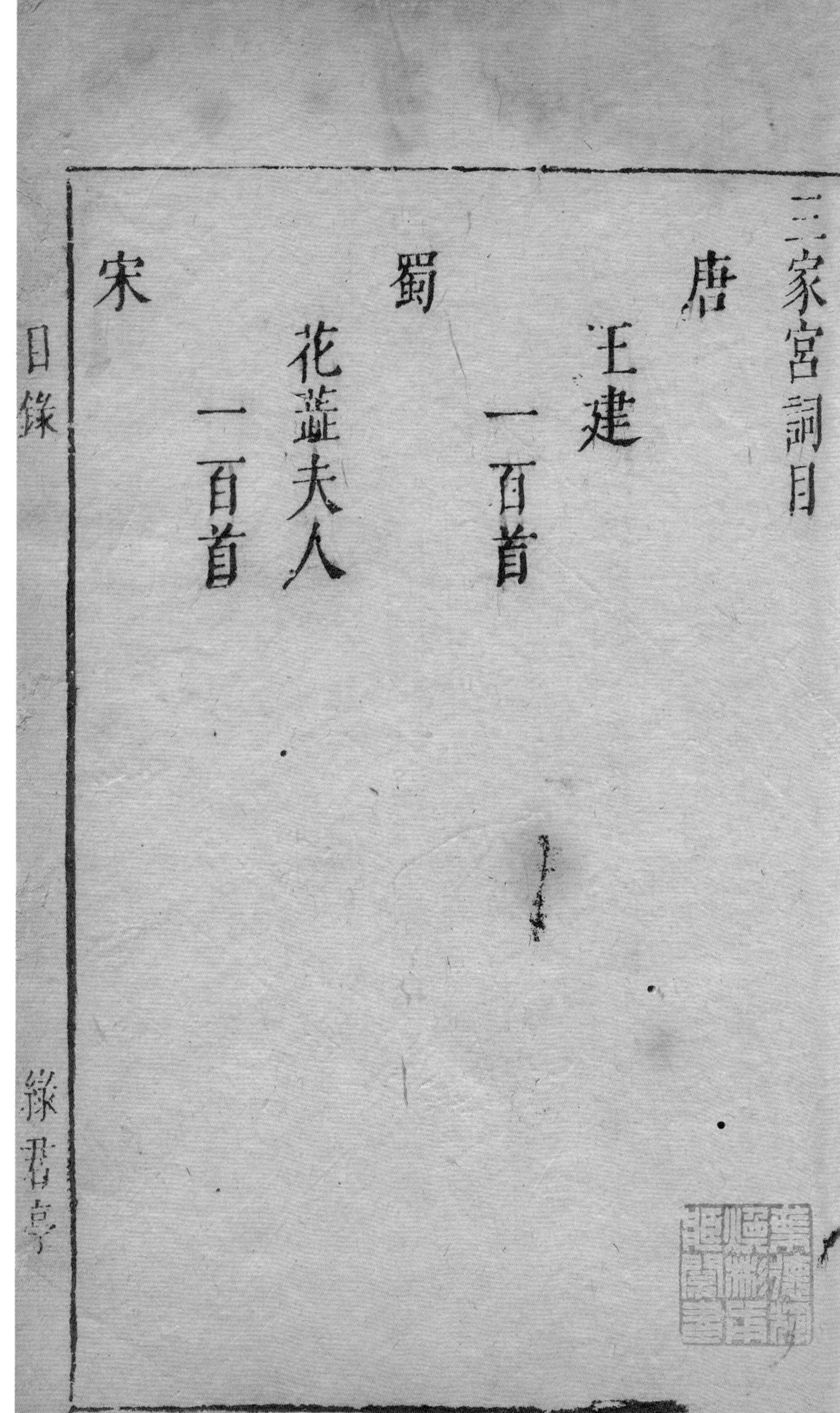

三家宮詞目

唐

王建　一百首

蜀

花蘂夫人　一百首

宋

目錄　　綠君亭

清光绪三十四年罗振玉唐风楼抄本《金石文》

印文：唐风楼（白文）

印文：大云烬余（朱文）、罗继祖（朱文）、甘孺（半朱半白）

罗振玉（1866–1940），字叔言，号雪堂，祖籍浙江上虞，生于江苏淮安。学识渊博，于藏书、甲骨文、敦煌学、乃至古玺、古镜皆有精深研究。其每到一处皆有藏书楼，旅日期间，设于日本的藏书楼名『大云书库』，以其藏有敦煌北朝写本《大云无想经》而命名。回国后移居旅顺，所建藏书楼依然命名为『大云书库』。

罗继祖（1913–2002），字奉高，别署甘孺，晚号鲰翁，罗振玉长孙，曾任吉林大学历史系教授。幼承家教，四五岁即由罗振玉亲授文字、书法。及长，协助罗振玉作各种研究，誊写文稿、核对资料等，久而学贯文史。精通《辽史》，二十四岁即以《辽史校勘记》跻身『辽史四家』之列。著有《甘孺论书》《永丰乡人行年录》《甘孺史考》等。1945年，大云书库被苏联军队征用，大量藏品被毁，事后罗继祖请人刻治『大云烬余』藏书印，以纪其事。

金石文叙

長谷山人徐獻忠著

夫三代之文邈乎尚矣後世秦漢猶渾厚含蓄古法有存焉夫世道變衰道法汙垢甚矣而其爲文乃爾豈風氣未薄聲文之吐諸人猶有然者哉其後作者多以其意加之張皇誕放光焰偉然自謂爲古文而去古逾遠矣且夫詞賦誕幻累千萬言采摭靡麗照耀人目自後世刻薄觀之誠所不逮其視自然之聲爲何如也夫人之文言精輝上薄其于天文本相配麗然而象宿開朗經有常定萬古一日無所改觀者也而人文之變異懸虛鑿臆漸以乘下不能上參高虛而與慧彗孛同流言雖華茂亦何可久哉予自髫年輒尚此論讀鐘鼎金石之文好之疊疊

清高望曾稿本《茶梦庵烬余词》

印文：徐乃昌马韵芬夫妇印（朱文）

徐乃昌馬韻芬夫婦印

徐乃昌（1869–1943），字积余，号众丝、随庵，安徽南陵人。徐氏为南陵望族，世代簪缨，清光绪十九年（1893）中举，曾任淮安知府，总办江南高等学堂，督办三江师范学堂等，清亡后隐居著述，校刊古籍，为近代著名藏书家、学者，并且是近代刊刻书籍最多的藏书家之一。其藏书处有积学斋、小檀栾室、暖红室、鄦斋等，每个堂号内各有专藏。本书所钤该印以夫妇名字同时入印，亦称一时风雅。

徐乃昌馬韻芬夫婦印

光緒乙未十二月持贈積餘太守積學齋

玉樵詞隱記時客金陵

茶夢盦燼餘詞

仁和 高望曾穉顏

菩薩蠻

淚珠紅滴薔薇雨眉峰皺損愁如許多病不禁[illegible]
羅袖單 雲階携手地密約殷勤記涼月滿懷[illegible]和
花影殘

法曲獻仙音

秋日湖上次白石韻

斜日沉紅暝烟皺碧涼向秋屏尋夢載鶴同舟與鷗分席遙山影蒼將姐柳色渾濛裡歸鴉自來去 猶回

民国四年李传元刻本《定庐集》

印文：杭邵章伯褧收藏书籍记（朱文）

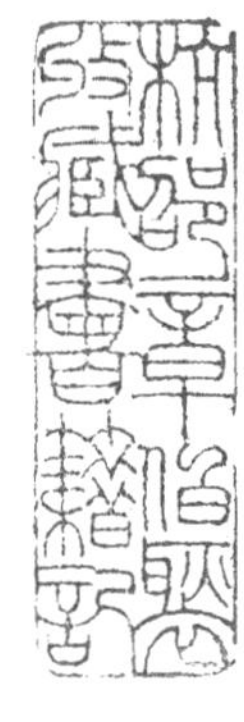

邵章（1872–1953），字伯絅，一字伯褧，号倬庵，浙江杭州人。清光绪二十八年（1902）进士，曾任奉天提学使、北京法政专门学校校长等职。其藏书处名石灯庵，曾于光绪二十六年（1900）创办杭州藏书楼，是中国第一所对外开放的公共藏书楼。其祖父为目录学家邵懿辰，故曾整理增补祖父所编《四库简明目录标注》，又辑有《四库未传本书目》等。

本书另钤朱文「邵章之印」。

淺稿 卷一詩六十二首 卷二詩四十九首 卷三詩六十三首 卷四詩八十九首
卷五詩七十二首 卷六詩三十首 卷七詩二十六首 卷八詩六十二首
道光丙申至庚戌十五年

定廬集序

予奉母喪歸既葬之明年入都偶題所居曰定廬劉芙初過見大樂曰如子足當一定字明日爲詩至輒曰贈定廬同年予謝之嗟乎人生得喪憂樂日接於吾前而汩其志慮定何能也抑聞之劉彥和之論文曰必定而後結音予偶涉翰墨未嘗驅施於心而强出之則以之目予詩其可儀吉寫己卯以後詩竣書此爲序

定廬集序 一

清嘉庆二十二年清芬阁刻本《尔雅汉注》

印文：春霖（白文）、润琴（朱文）

刘春霖（1872–1944），字润琴，号石箕，河北肃宁人。清光绪三十年（1904）甲辰科是中国封建王朝历史上的最后一次科举，因此状元刘春霖自称『第一人中最后人』。清末曾任资政院议员、直隶高等学堂提调等职，民国期间任总统府内史、直隶教育厅长等职，创办直隶书局和群玉山房。喜藏书，积万余册之多。酷爱书法，尤以小楷著称，燕赵一带素有『大楷学颜，小楷学刘』之说。

爾雅漢注序

不識古訓則不能通六藝之文而求其意欲識古訓當於年代相近者求之爾雅一書舊說始於周公孔子而子夏暨叔孫通輩續成今臧生在東從揚子雲鄭康成之言斷以為孔子門人所作其為注者漢有犍為文學樊光李巡魏有孫炎為反切之學所自始是皆說爾雅者所必宗也今唯晉郭璞注盛行而他皆失傳郭於古文古義不能盡通往往以己意更定故古之士病焉幸李孫諸人說時散見於唐人諸書中其為郭氏所棄而不取者說頗往往勝郭在東篤好古義徧加搜輯彙為三卷庶乎遺言之不盡墜也夫時之近遠猶夫州土之各異以吳人解越人之言縱不盡通猶得其六七燕秦之士必不逮焉故吾亦不謂李孫諸人之解之盡得也然其是者必賢於後人所見在東勤勤掇拾能引伸其所長而不曲護其所短由訓詁以通經學斯不難循塗而至矣吾因以知宋人若陸佃鄭樵之不足尚也與其陸鄭之是從又不如郭乾隆五十四年陽月既望杭東里人盧文弨序

丁卯秋日借得漢注本讀而善之摘錄於眉并鈔序如右劉春霖并識

清康熙四十二年宋氏宛委堂刻本《江左十五子诗选》

印文：慎始基斋（朱文）、卢弼（朱文）

卢弼（1876–1967），字慎之，号慎园，湖北沔阳（今湖北仙桃市）人。清末举人，以湖北官费留学日本，民国初任政务院秘书长，民国十八年（1929）应聘为故宫博物院图书馆十大专门委员之一，后辞归潜心学术。其藏书处为慎始基斋，聚书数十万卷，其中仅《水经注》就有数十种版本，著有《三国志集解》《慎园文选》等。曾与兄长直隶提学使卢靖一起刊刻《湖北先正遗书》，甚为精善。

江左十五子詩選卷一

王式丹 方若寶應人著有龍竿集峯蘇集

擬謝康樂遊山

端居感心跡寂寞方至今支離寓遠目牽綴託會吟暫辭微官縛肆覽名山岑淺茸胥幽石半規冠高林巫湖遙澹淡斤竹近荒沈天雞南山曙夜猿石門陰穿雲瞰掌密攀蘿踄嶇嶔嵐濕空翠影泉響淸琴音巖花裹屐齒天風動衣襟形神倏超越俛仰猶蕭森靈境成獨往美人勞我心蘊眞良有託緬邈方探尋

印文：沔阳卢氏（朱文）、卢弼（朱文）、慎始基斋（朱文）

卢弼有着十分浓厚的桑梓之情，即便晚年寓居天津，仍对于湖北沔阳的家乡一直念念不忘，『沔阳卢氏』即表达了他的思乡之情。其晚年不仅与兄长卢靖合辑《湖北先正遗书》，还辑有《沔阳丛书》，是编凡十二种，九十卷，所收诸书大多为清代乡贤遗著。1955年，其将部分与沔阳有关的藏书捐赠给沔阳县人民政府。

晉書音義序

弘農楊 正衡 撰

晉書音義余內弟東京處士何超字令升之所纂也令升即仲舅商州府君之子惟我仲舅實蘊多才彊學懿文紹興門範剖符行節弘闡帝猷雖位望兼崇大名猶鬱而增修益振餘慶方鍾確爾專精深期克復時之未與衣冠之嗣曷沉道在則闡儒素之風白遠不隕其業斯為得與處士弟約以優閑溺於墳史嘗訝晉室之典未晤其音思欲發揮前人啓迪後進由是博考諸傳綜覽群言研覈異同撰成音義亦足

清乾隆七年程氏督经堂刻本《别雅》

印文：王国维（半朱半白）

印文：刘盼遂玺（白文）

王国维（1877–1927），初名国桢，字静安，又字伯隅，号观堂，浙江海宁人。学贯中西，在教育、哲学、文学、戏曲、史学、考古等方面均有极高成就，著述宏富。曾于南洋公学、江苏师范学校、清华研究院等高校任教，与梁启超、陈寅恪、赵元任并称「清华国学院四大导师」。王国维自幼爱书，十六岁即拿出压岁钱购买「前四史」，自称「平生读书之始」。

刘盼遂（1896–1966），名铭志，以字行，河南淮滨人。刘盼遂师从黄侃、王国维、梁启超等多位名家，学问博雅，于经学、史籍、辞章、校勘、文字、训诂等无不涉猎，于音韵、文字造诣尤深，曾任清华大学副教授，民国三十五年（1946）起任北京师范大学中文系教授。著有《文字音韵学论丛》《段王学五种》《天问校笺》等。章太炎曾以联语相赠：「好奇莫采华山剑，嗜古休尊犊鼻裈。」

別雅卷一

淮安山陽吳玉搢比輯

空同崆桐崆峒也　唐書地里志崆峒山在岷州溢樂縣西漢書武帝紀遂踰隴登空同莊子在宥篇亦作空同司馬彪註云空同當北斗下也爾雅釋地北戴斗極爲空桐史記五帝本紀黄帝西至于空桐韋昭註云在隴右武帝紀西登空桐幸甘泉空桐空同即崆峒也焦弱侯俗書刊誤又引黄香九宫賦作崆洞

中謇忠謇也中勇忠勇也　漢張遷碑中謇于朝魏

清影抄明成化本《萨天锡诗集》

印文：无竞先生独志堂物（朱文）

印文：允泉永宝（白文）、宋安南节度使裔（白文）

张其锽（1877-1927），字子武，号奏衡、无竞，一作无竞，广西桂林人。清光绪三十年（1904）进士，曾任湖南知县等职。入民国后，曾任湖南都督府军务厅厅长、广西省省长、讨贼联军总司令部秘书长等职，民国十六年（1927）遇难。性好博览，熟读经史，精研先秦诸子，通易理、玄学术数，晚年笃信佛学，时人称其『文武双全』，著有《墨经通解》《独志堂文集》等。去世后谭延闿为其赋挽诗，诗云：『夙昔谁知己，平生误感恩。室惟瓶粟在，箧有谤书存。』

李允泉，字云卿，号伯涛，清嘉庆前后安徽休宁人。嗜收金石碑帖、古籍善本。

薩天錫詩集序

作詩而至於化始可以為詩而足以名世傳後矣苟詩而不至於化徒抽黃而對白沿流以失源蹈前人之陳腐昧造詣之神化如此而謂之詩者吾亦不之許也少陵

清余文诏稿本
《梦圆集》

印文：南州书楼藏书
徐汤殷整理 编列 字 号
年 月 日（蓝印）

印文：西苑书楼（朱文）

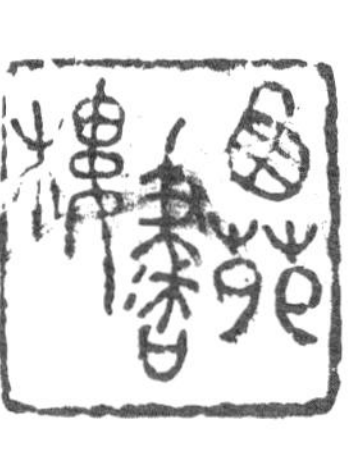

徐绍棨（1879–1947），字信符，一字舜符，以字行，广东番禺人。早年肄业于学海堂、菊坡精舍，后执教于岭南大学、中山大学等高校，主讲文学、历史、古籍诸科，著有《中国文学史》《古籍校读法》等。徐信符是近代著名藏书家，对于岭南地方文献的收集整理和研究颇有贡献，其藏书处为南州书楼，后为儿子徐汤殷继承，其藏书印别具一格，印面上不仅有『南州书楼藏书』六字，还有『徐汤殷整理』和『编列X字X号』，以及年月日信息，类似于戳记，为藏书印中罕有之品。

此印为当代著名藏书家韦力藏书印。

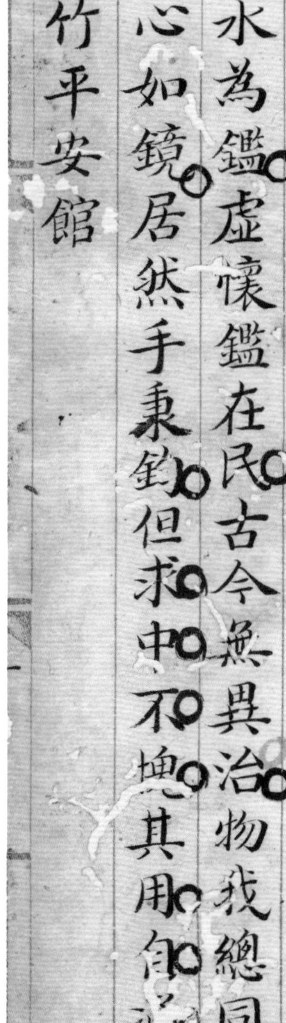

夢圓集

星源俞文詔麟士甫著

嘉州即[illegible]憩園新秋即事

一雨洗天清園林涼意通亭虛多受月樹老易驚風

竹屋紙窗裏蕭籬藤架中秋聲與秋色相約到簾櫳

心鑑書堂

勿以水為鑑虛懷鑑在民古今無異治物我總同春

孰者心如鏡居然手秉鈞但求中不愧其用自通神

竹平安館

清光绪十五年广雅书局刻本

《汉碑征经》

印文：杨昭儁印（白文）、潜盦（朱文）

杨昭儁（1881–1943后），一作昭隽，字奉贻，号潜庵，湖南湘潭人。平生嗜金石文字，精鉴赏，富收藏，与陈师曾、齐白石、姚华等交厚，工书，善篆隶正体。曾辑姚华、陈师曾印为《陈姚印存》，又自刻印《净乐宧印存》，著有《净乐宧题跋》《汉书笺遗》，稿本藏于国家图书馆。

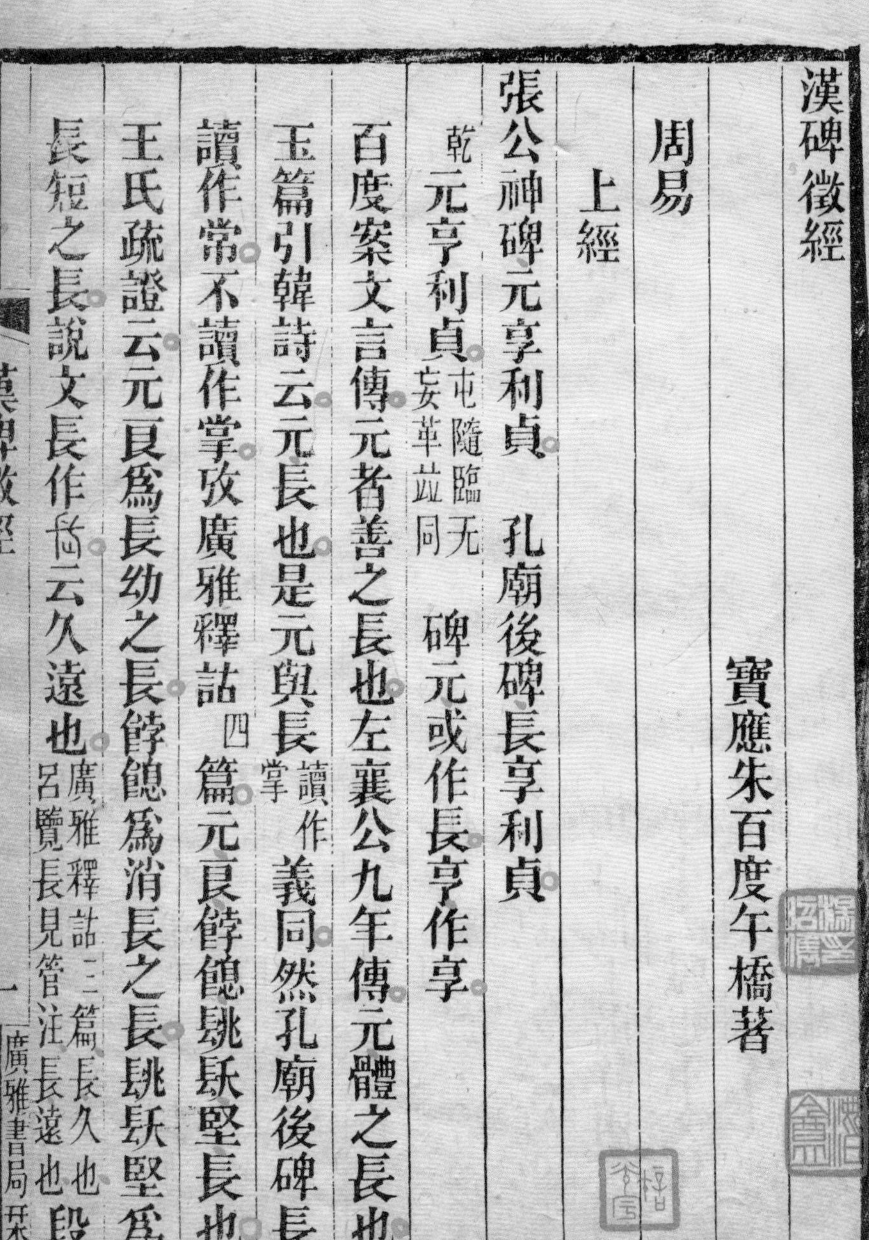

漢碑徵經

周易

上經

寶應朱百度午橋著

張公神碑元亨利貞　孔廟後碑長亨利貞

乾元亨利貞屯隨臨无妄革竝同碑元或作長亨作享

百度案文言傳元者善之長也左襄公九年傳元體之長也

玉篇引韓詩云元長也是元與長讀作掌義同然孔廟後碑長

讀作常不讀作掌攷廣雅釋詁四篇元良餑餽䠷跃堅長也

王氏疏證云元良爲長幼之長餑餽爲消長之長䠷跃堅爲

長短之長說文長作𨱗云久遠也廣雅釋詁三篇長久也呂覽長見管注長遠也段

漢碑徵經　一

廣雅書局栞

民国邓之诚抄本《闻尘偶记》

印文：文如居士金石长寿印（朱文）

邓之诚（1887–1960），字文如，号明斋、木石居士，江苏南京人。民国六年（1917）被聘为北京大学史学系教授，先后兼任北京师范大学、燕京大学史学教授，退休后兼任中国科学院哲学社会科学部历史考古专门委员，著有《中华二千年史》《骨董琐记》及《清诗纪事初编》等。藏书处有双稳楼、五石斋、八亩精舍、二十四砚斋等，擅治印，属渊源家学，境界自高，有《邓之诚印谱》传世，此印即其自治。

聞塵偶記

萍鄉文廷式著

聞事不記釋家之智聞事輒錄史家之學余前者略述近聞聊同默記俄而天衢有棘海水羣飛身列史官職居講幄既與其事當盡其言是非在人毋庸私著和戎經歲酣嬉任時硯水不乾嘉談易忘隨而筆之命曰聞塵偶記後有覽者知其意焉丙申正月羅霄山人書于京邸是年二月被劾出都其有所錄半出追記略示微意不求詳也卷中未經詮次重鈔時當依時代排比分爲二卷

乙未七月二十四日江西南昌澹臺門外雨血著地皆赤

东吴王氏海粟楼抄本《归群词丛》

印文：王謇（白文）

王謇（1888–1968），原名鼎，字培春，后字佩诤，号瓠庐，江苏苏州人，版本目录学家、考古学家。曾任苏州振华女中校长，江苏省立苏州图书馆编目部主任，潜心于苏州史志文献的整理研究，建国后任华东师范大学教授、上海市文物保管委员会顾问。其将自己的藏书楼命名为海粟楼，取『沧海一粟』之意，所著《续补藏书纪事诗》，为后来藏书家案头必备之书。另著有《海粟楼丛稿》《宋平江城坊考》《盐铁论札记》等。

此大成學派書集文銅山張令貽先生為
予輯得印屬其小史錄之索訓墨帶
二十五亦云昂矣葉遐盦先生選清書鈔
見其目以為多未著錄亦未采通段因題卷
耑聊借一瓶丙子維夏佩諍王謇
歸羣詞叢二十卷
就中已刻者僅叢睦一家放心齋
亦係劉鎬仲先生晚年近作未刊
叢似經加入葉選中又敏廬又記

清光绪三十四年无著庵刻本《梦窗甲稿》

印文：徐彊簃（白文）、衰残知近死，不忍负青编（白文）

徐恕（1890–1959），字行可，号彊（强）簃、彊誃，以字行，湖北武昌人。近代著名文献学家、收藏大家，通日文、英文及版本、目录、校勘之学，藏书处为箕志堂。曾执教于武昌图书馆专科学校，抗战之际致力于古籍的搜集保护，中华人民共和国成立后将五百箱六万册古籍捐赠给中国科学院武汉分院。伦明《辛亥以来藏书纪事诗》咏其：『家有余财志不纷，宋雕元椠漫云云。自标一帜黄汪外，天下英雄独使君。』印文中『衰残知近死，不忍负青编』出自杜甫诗句，足以见其爱书护书心切。

諸刻敘跋

或云夢窗詞一卷或云凡四卷以甲乙丙丁釐目或又云四明吳君特從吳履齋諸公遊晚年好塡詞謝世後同遊集其丙丁兩年稿若干篇釐爲二卷末有鷗啼序遺缺甚多蓋絕筆也與余家藏本合符既閱花庵諸刻又得逸篇九闋附存卷尾山陰尹煥序略云求詞於吾宋前有清眞後有夢窗此非煥之言四海之公言也湖南毛晉識

余家藏書未備如四明吳夢窗詞稿二十年前僅見丙丁二集因遂授梓蓋尺錦寸繡不忍祕諸枕中也今又得甲乙二冊但錯簡紛然如風裏落花誰是主此南唐後主亾國詞讖也無可柰何花落去似曾相識燕歸來巧對晏元獻公與江都尉同遊池上一段佳話久已耳熟豈容攘美

清嘉庆十七年鲍氏知不足斋抄本《宣靖备史》

印文：安化陈浴新氏收藏金石书画（蓝印）、湘隐草堂（朱文）

陈浴新（1890–1974），湖南安化人。早年追随孙中山先生矢志革命，推翻清王朝，讨贼倒袁，直到参加抗日战争，战功卓著，授中将军衔。解放战争时期，支持参与程潜、陈明仁起义。中华人民共和国成立后曾任湖南军政委员顾问、湖南军区高参。民国时期有一批行伍中人亦喜藏书，陈浴新亦其中一位，所藏八万册图籍后来尽数捐赠给湖南大学。古人印章多为红色，但若遇上家中长辈去世，则钤以蓝色印泥，表示身在制中。

宣靖備史

清李鸿藻稿本

《高阳李文正公手简册》

印文：金（朱圆）、屏庐（朱文）

金钺（1892-1972），字浚宣，号屏生、屏庐，天津人。祖上以业盐起家，亦商亦儒，渐成巨族。金钺于民国五年（1916）出任天津修志局编修，民国十六年（1927）组织崇化学会，民国二十八年（1939）天津大水后与章梫、金梁等创办保婴会，专门收养弃婴。金钺堂号有屏庐、心远楼，藏书同时，以辑刻乡贤著作为己任，刻有《屏庐丛刻》《天津诗人小集》《王仁安集》等，一生刻书数十种，为保存与传播天津地方文献贡献良多。

高陽李文正公手簡册

乙酉四月收得署檢

民国二十一年对树书屋刻本

《顾千里先生年谱》

印文：殷泉（朱文）

王荫嘉（1892–1949），字苍虬，号殷泉，江苏苏州人。王荫嘉早年就读于北京，爱好金石考古、目录版本之学，尤其喜爱收集钱币，共收藏历代钱币、古今纸币、钱范等数万枚，是上海泉币学社主要发起人之一。王氏一门皆喜好收藏，其父有堂号「二十八宿砚斋」，此堂号由王荫嘉沿用，并撰有《二十八宿砚斋善本书录》及《二十八宿砚斋珍藏书目》。「泉」在古时代指货币，「殷泉」即醉心古泉之意。

顧千里先生年譜卷上　　對樹書屋

崑山　趙詒琛　學南　編輯

乾隆三十一年丙戌八月先生生

先生名廣圻字千里號澗蘋（亦作蘋）又號鑑平（見黃蕘圃跋錢馨室校刊吳地記從顧鑑平轉假伊師張白華所備錢刊本云云）又號思適居士（見百宋一廛賦）又號无悶子（見遜翁苦口原書序）又號一雲散人（見百甓齋古甎錄跋）陳黃門侍郎野王三十五代孫（先生藏書印記）曾祖沛祖松字雨蒼父文燿字庭有俱業醫世爲吳人庭有爲雨蒼第六子生於乾隆五年庚申六月七日移居元和縣故先生常稱元和人母鄭太孺人生於乾隆十

孙人和抄本《读书解义》

印文：孙人和读书记（朱文）

孙人和（1894–1966），字蜀丞，江苏盐城人。民国年间曾任中国大学、北平师范大学、北京大学等高校教授，著有《论衡举正》《吕氏春秋举正》《唐宋词选》等。伦明《辛亥以来藏书纪事诗》咏其：『不辞夕纂与晨抄，七略遗文尽校雠。读罢一瓻常借得，笑君全是为人谋。』惜所藏之书未有编目。

讀書解義

寶應朱毓楷著

說文夕部夤下引周易夕惕若夤云夤敬惕也骨部⿰骨易下又云讀若夕惕若厲鄭康成注周易亦作厲云惕懼也案朱子發漢上叢說謂鄭王本于費氏吾姊夫汪君容甫云許叔重作說文在和帝永元十二年是時鴻都石經未立而三家之易各有師傳故所引之文往往互異又云鄭氏之學受自馬融傳費直之學異愚謂許慎敘曰其偁易孟氏古文也據此鄭傳費氏

鹽城孫氏仿元槧金中統本史記版式

孙人和抄本《祓心堂读雅孔见》

印文：盐城孙氏（朱文）、蜀丞（朱文）

此二印出自近代藏书家孙人和。

盬城孫氏仿元槧金中統本史記版式

祓心堂讀疋孔見卷上

衡昜王時亨學

釋詁

權輿

權輿訓始字各為句也說文權一曰反常公羊傳曰權者何權者反於經然後有善者也反於經然後有善則欲有善必自能權始孟子曰權然後知輕重是欲知物之輕重必自權始一作經權之權一作權衡之權均具有始義也權又為虇之段音釋草其萌虇郭注今江東呼蘆筍為虇

1963年油印本《忏盦诗稿》

印文：忏盦（白文）

印文：黄曾樾印（白文）

胡先骕（1894-1968），字步曾，号忏盦，江西新建人。植物学家、教育家、学者。民国十四年（1925）获美国哈佛大学博士学位，民国三十七年（1948）当选为『中央研究院』院士，曾任静生生物调查所所长。他是中国植物分类学的奠基者，中国近代植物学的先驱，中国近代生物学的开创者之一。著有《中国植物图谱》《经济植物学》等，又与任鸿隽合译《科学大纲》。其诗学出沈曾植、陈衍之门，此印所钤为其诗集。

黄曾樾（1898-1966），字荫亭，号慈竹居主人，福建永安人。十四岁进入福州马尾船政学堂，民国十四年（1925）获法国里昂大学文学博士学位，中华人民共和国成立后任福建师范学院中文系教授，著有《永思堂诗文稿》《陈石遗先生谈艺录》等。黄曾樾与胡先骕都曾师从清末民国时期著名诗人陈衍，两人相交颇深，因此胡先骕的诗集会请黄曾樾来署签，而同时套印此落款钤印，足见一时风雅。

慎之诗老吟正
先驌敬贈

𡽱盦詩稾

黄曾樾敬署

清康熙三十八年秀野草堂刻本《昌黎先生诗集注》

印文：刘千里所藏金石书画（朱文）

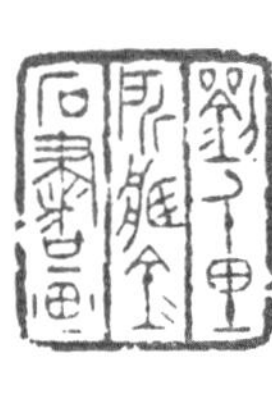

刘驹贤，字伯骥，一字千里，清末河北盐山县人。刘驹贤与晚清重臣兼藏书家董康交好，遇有善本常与董康磋商研讨，藏书二百余箱，尤喜袖珍本和精刊初印本。其精品有何焯校本《文苑英华》、元刻《韵府群玉》及绛云楼旧藏等，另有碑版、墓志、汉像四千余套。刘伯骥印癖颇深，堂号有传经堂、皕印斋，嗜藏古印石章，所藏约数百方之多，其中有「古园丁」一方，据说为朝鲜某亲王之印。

昌黎先生詩集注卷第一　吳　沈欽韓記注

長洲顧　嗣立　俠君　刪補

古詩三十一首

○元和聖德詩　幷序

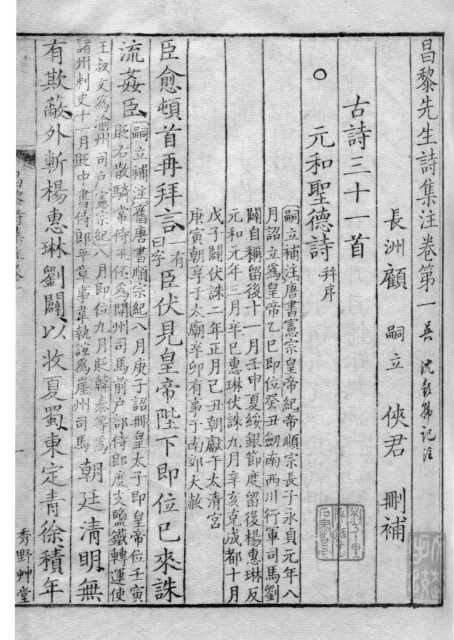

嗣立補注唐書憲宗皇帝紀帝順宗長子永貞元年八月詔立爲皇帝乙巳即位癸丑劍南西川行軍司馬劉闢自稱留後十一月壬申夏綏銀節度留後楊惠琳反元和元年三月辛巳惠琳伏誅九月辛亥克成都十月戊子闢伏誅二年正月己丑朝獻于太清宮庚寅朝享于太廟辛卯有事于南郊大赦

臣愈頓首再拜言一有曰字臣伏見皇帝陛下即位已來誅流姦臣嗣立補注舊唐書順宗紀八月庚子詔冊皇太子即皇帝位壬寅貶右散騎常侍王伾爲開州司馬前户部侍郎度支鹽鐵轉運使王叔文爲渝州司户憲宗紀八月即位九月貶韓泰等爲諸州刺史十一月貶中書侍郎平章事韋執誼爲崖州司馬朝廷清明無有欺蔽外斬楊惠琳劉闢以收夏蜀東定青徐積年

清咸丰八年王氏刻《任渭长先生画传四种》本《列仙酒牌》

印文：毗陵吴观海曼公审藏（白文）

吴曼公（1895–1979），原名观海，字诵芃，江苏常州人。早年毕业于上海中国公学，后历任北平市财政、社会、教育、税务等局秘书长，『七七事变』后南归，寓居上海。中华人民共和国成立后任上海市文物保管委员会特约编纂。吴曼公出身世家，工书法，富收藏，精于鉴赏，其藏品包括碑帖、古籍、书画、青铜器、印章和旧墨等，尤擅长金石碑拓考证。

葉子格五代後漸廢潘氏所著葉子譜所謂葉數四
十有文為索十索名貫者其遷亦罕傳渭長仿章
侯葉子格畫列仙書酒數繹事蹟為歌詞或節成
句於各揭目牙籤上掣之視格所註與客合者飲客符
主人則飲主人能令者唐詩西廂酒籌蔡氏子照初削
梨板手鐫渭長深畫理自吳道子陸探微至十洲老遲之法

清灵石杨尚志抄本《说文韵谱校》

印文：吴兴姚伯子觐元鉴藏书画图籍之印（朱文）

印文：太平苏氏（朱文）

姚觐元（1823–1890），字彦侍、彦士，别署裕万，晚号复丁老人，浙江吴兴人。清代名儒姚文田之孙。清道光二十三年（1843）举人，官至广东布政使，晚年定居苏州，潜心藏书刻书。藏书楼名咫进斋，有藏书数万卷，内中多宋元刻本及名人精校本，对于禁毁书尤其看重，不仅多方搜集，还编有《清代禁毁书目》，对于后世研究清代禁毁书及各类文献极为重要，刻有《咫进斋丛书》。其子姚慰祖亦喜藏书，藏书处名晋石庵。

苏继卿（1894–1973），原名锡昌，字继卿、继庼，安徽黄山人。黄山古称太平，故其自称『太平苏氏』。早年毕业于北京大学商学院，任教于上海中国公学，后入商务印书馆，退休后专门研究中外交通史。著有《香港地理》《岛夷志略校释》等，还曾参与《辞海》修订工作。王謇《续补藏书纪事诗》咏其：『人间见我冯媛者，海上平添苏季卿。』指当时冯雄、苏继卿同在上海涵芬楼任职。

說文韻譜校序例

楚金之作此書特以讀說文者檢字不得耳今既用陰氏韻書何由知切韻部分而欲以此為捷徑是益之緐難也特是李舟切韻世無傳本而此書猶存其梗槩故吾佹焉孳孳不猒瑣屑者不為說文計轉為切韻計也然則所録之挩文焉知非切韻所不收而必斤斤焉何也字以孳乳而寖多後之所收不能反少於前是由傳寫既久闕佚滋多而抱殘守獨者不敢診視其學富萬卷如朱竹垞翁覃谿兩先生又不屑屑于一書遂致此書不復可讀故補之也新附雖多俗字猶于注中明之而本書不典之字尤多故殊别之然㞷字猶見於小徐本而燮字竝小

清嘉庆四年刻本《读书脞录》

印文：共读楼（朱文）、乃乾娱老（朱文）

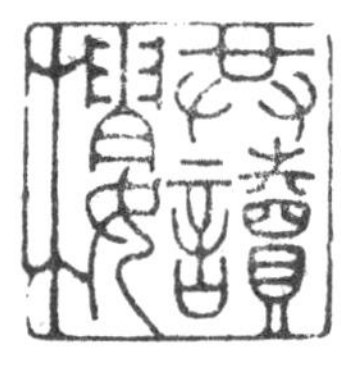

陈乃乾（1896-1971），名乾，字乃乾，以字行，清代著名藏书家陈鳣族后裔，世居浙江海宁硖石。著名藏书家、版本目录家和编辑出版家。民国年间与陈立炎在上海设立古书流通处，并任上海市通志馆及文献委员会编纂，1965年调任北京古籍出版社，后又任中华书局编辑。其藏书处初名慎初堂，后更名共读楼，编有《共读楼所藏年谱目》及《慎初堂所藏书目》。

讀書脞錄卷之一

仁和孫志祖

易贊

困學紀聞曰鄭志張逸問贊云我先師棘下生何時人見水經注淄水篇康成有易贊所謂贊云者易贊也志祖案書堯典正義引康成書贊云我先師棘下生子安國亦好此學自世祖興後衞賈馬二三君子之業則雅才好博旣宣之矣蓋謂古文尚書之學然則所謂贊云者乃書贊尒厚齋誤記以爲易贊閻何兩家亦未舉正

鄭氏易

清光绪间贺氏原稿本

《朱子语类正讹记疑》

印文：容肇祖印（白文）

容肇祖（1897–1994），字元胎，广东东莞人。著名学者容庚的三弟。现代哲学史家、民俗学家和历史学家。民国十五年（1916）毕业于北京大学哲学系，曾任厦门大学、中山大学、北京大学等高校教授，中华人民共和国成立后任国务院古籍整理出版规划小组顾问，致力于宋、明、清哲学研究。著有《明代思想史》《中国文学史大纲》等专著。

重刻朱子語類序

子朱子平生所著述、如小學近思錄四書章句集注詩易傳義諸書、固已昭垂萬世、如日月經天江河行地矣、文集語類、卷帙浩繁、見者往往生畏、不能卒業顧文集猶或寓目、且尚有傳布、至語類當時三錄二類、搜刻非一、厥後一百四十卷始編定於黎氏、而元明以來、重刻者絕少、無論購求匪易、世士率未之覩或并不知有此書、幸而有意於學、亦多以門人記錄不能無失而置之、薛文清深得朱子之學者也、乃謂

清康熙席氏琴川书屋刻本《韩内翰香奁集》

印文：于怀之印（白文）、莲客（朱文）

于怀（1899-1980），字乃椿，号莲客，以号行，辽宁人。近代东北集文学、艺术、书法、绘画于一身之名家。早年毕业于北京大学，民国十七年（1928）任《东三省公报》编辑，伪满时期任《盛京时报》编辑，中华人民共和国成立后闲居北京，堂号有花近楼、归拙庵等。于莲客印癖颇深，喜欢在同一部书的封面、首页、卷末、及跋语处分别钤上不同印章。

明東吴毛晉子晉訂

題低二格下同

又字一行

韓内翰香奩集卷第一

翰林學士承旨行尚書户部侍郎知制誥上柱國萬年韓偓字致堯

幽窻

刺繡非無暇幽窻自一作日鬬一作軟歡手香江橘嫩齒冷越梅酸密約臨行怯私書欲報難無憑諳鵲語猶得暫心寛

江樓

夢啼嗚咽覺無語杳杳微微望煙浦樓空客散燕交飛江靜帆稀日亭午

鯷魚苦笋香味新楊花酒旗三月春風光百計

印文：老舍（朱文）

老舍（1899–1966），本名舒庆春，字舍予，笔名有老舍、絜青、鸿来、非我等，满族，生于北京。老舍为著名作家，其作品语言通俗易懂，朴实无华，同时幽默诙谐，具有较强的北京韵味，是中华人民共和国成立后第一位获得『人民艺术家』称号的作家。抗战时曾作自题联『报国文章尊李杜，攘夷大义著春秋』，中华人民共和国成立后又撰自题联『付出九牛二虎力，不作七拼八凑文』。代表作有《骆驼祥子》《四世同堂》《茶馆》等。

公元一九六一年五月

中外大事年表

老舍题

清乾隆二十五年王琦宝笏楼刻本《李长吉歌诗》

印文：国桢藏书（朱文）

谢国桢（1901–1982），字刚主，晚号瓜蒂庵主，河南安阳人。著名历史学家、文献学家、版本目录学家。早年毕业于清华国学研究院，曾受业于梁启超，毕业后被梁聘为家庭教师，后执教于中央大学、云南大学、南开大学等高校，又入中国科学院哲学社会科学部从事研究工作，担任国务院古籍整理规划小组顾问。著有《顾宁人学谱》《江浙访书记》《晚明史籍考》等。1982年，将所藏全部捐给中国社会科学院历史研究所图书馆。

吉詩於鉄字徒自應旦日

大笑將詞人真吾觀矣

李長吉歌詩目錄

首卷

一卷　古今體詩五十八首

清况周颐抄本《栖霞小志》

印文：一氓所藏（朱文）、无是楼（朱文）

李一氓（1903—1990），原名民治，四川彭县人。当代学者、外交官。早年加入创造社，中华人民共和国成立后历任中国驻缅甸大使、国务院外事办主任、中国中产党中央顾问委员会常委等职，同时担任国务院古籍整理出版规划小组组长，译有《马克思文选》，著有《存在集》《一氓书缘》等。其藏书处为无是楼，喜收词集、版画、方志，以及稀见明版旧本、名人抄校本等，曾力推在高校内成立古籍研究机构，开设古籍整理课程。

前明盛時泰著棲霞小誌一書同里焦竑所刊者也時泰字仲交有文采落拓不偶故自放於山巔水涯馳騁筆墨以自淡其無聊不平之思是書尤其選也攝山擅名蓋盛於齊梁間騷人逸士棲遲咏歌及英王鉅公張皇好事之所為者是書亦未嘗悉具然耳目足履之所及爬羅剔抉靡幽不臻余嘗至山中信宿其地寺宇興廢不盡如仲交所言其題識亦稍梅矣攀蘿捫壁追昔人之踐履悵然者久之則是書之存非獨見古迹變遷不係乎世之遠近亦以知仲交

清光绪三十一年刻本《彊村词》

印文：幼芳簃收藏唐宋以来歌词类总集别集之记（朱文）

此印是近代著名词人陈运彰（陈氏简介见第四二页）藏书印。

滬尹大兄閣下前上書之次日郵局卽將東
塾讀書記無邪堂荅問各書交來大集琳琅
讀之尤歆快無量日來料量課事訖卽焚香
展卷細意披吟宛與故人酬對昨況夔笙渡
江見訪出大集共讀之以目空一世之況舍
人讀至梅州送春人境樓話舊諸作亦復降
心低首曰吾不能不畏之矣夔笙素不滿某
某嘗與吾兩人異趣至公作則直以獨步江
東相推非過譽也若編集之例則弟日來一
再推求有與公意見不同之處請一陳之公

清光绪十四年黛山楼重印本《眠鸥集遗词》

印文：施蛰存藏书记（朱文）

施蛰存（1905–2003），原名德普，字蛰存，浙江杭州人。著名文学家、翻译家和教育家。民国二十一年（1932）起在上海主编大型文学月刊《现代》，并开始小说创作，是中国最早的『新感觉派』作家。先后在云南大学、厦门大学、暨南大学、华东师范大学任教，著有《北山集古录》《北山谈艺录》等。其堂号有苹华室、红禅室、无相庵和北山楼，其中无相庵也用来当作笔名，取佛经中的『无人相亦无我相』之意。

眠鷗集遺詞

仁和黄承勳樸存著　元和朱　綬酉生　元和戈　載順卿　仝選校

摸魚兒　嚴陵釣臺圖

望晴嵐插天孤迥山泉流出溪碧高臺斜築漁磯穩羡殺一竿幽寂堪屏跡算只有松濤風起聲蕭瑟生綃幾尺認桐瀨雲巖富春烟渚千古此山色　頻回首猶憶漢家宫闕銅駝暮雨空滴何如此地高風在真個是客星是客休歎息看多少興亡往事如駒隙霜晨月夕喜

眠鷗集遺詞　卷一

清写本《曼衍斋朝经变例》

印文：曾在赵元方家（朱文）

赵元方（1905–1984），本姓鄂卓尔氏，名钫，蒙古正黄旗人，光绪朝军机大臣荣庆后人，辛亥后废去蒙古姓氏，以蒙古姓氏译音改姓赵，字元方，以字行。曾任北平市公署秘书，中南银行天津分行襄理、经理，中华人民共和国成立后任天津银行业同业公会理事长等职。出身名门，往来、姻亲皆收藏之家，从沈兆奎学习版本目录之学，藏书室名无悔斋，其中多有宋、元、明佳刻，尤其喜明铜活字本。兼藏墨、砚、印章等，皆罕见之品。

題朝經变例

凡事貴言其常也然至勢窮弊極不可無变譬之琴瑟不調必解其絃澮水不流必濬其源器物不宜必更其制凡席不善必易其處变其可已乎抑变豈易言哉今覽朝經变例所載盡有振飭而維新之意不過意之所至違而一往欲此即此欲彼即彼猶之燕者不妨改而南轅之越者不妨從而北轍擿水道之習熟也曰吾將易之以一車兩馬笑山徑之故常也曰吾將新之以扁舟短櫂慄寒忽改用葛當暑忽改用裘斗姑致遠焉姑負重難姑警夜犬姑司晨如是之為变而已矣故宣德

变例題辞

清乾隆四十三年刻本《樊榭山房集》

印文：丁丑以后景郑所得（朱文）

潘景郑（1907–2003），原名承弼，字良甫，号景郑，别署寄沤，江苏吴县人。潘氏一门为收藏世家，其源可追溯到清乾隆时代的潘奕隽，潘奕隽藏书处为三松堂，藏有黄跋（黄丕烈题跋之本）百余种。自潘奕隽而下六代子孙皆有藏书之好，如潘曾莹小鸥波馆、潘祖荫滂喜斋、潘祖同竹山堂等，潘景郑与其兄潘博山（承厚）合用『宝山楼』堂号，藏书三十万卷，在中国历代藏书史上极为罕见。潘景郑印癖极深，已知曾用各种名章、闲章近百枚之多。

樊榭山房集評本前人以四色筆度錢籜石翁覃溪朱梓廬錢衎石四先生評語指摘甚多蓋為樊榭先生諍友也

庚辰二月朔日得于海上中國書店

潘承弼記

清光绪十九年思贤讲舍刻本《文心雕龙》

印文：齐燕铭读书记（朱文）

齐燕铭（1907–1978），原名振勋，笔名齐鲁、叶之余等，蒙古族，北京人。自幼好学，对金石篆刻、书法、京剧均有兴趣，曾跟随吴承仕治史学和训诂学。曾任国务院副秘书长、文化部副部长。编有《中国文学史略》《中国戏剧源流》等。齐燕铭去世后，友人集其生前所治印，编成《齐燕铭印谱》，李一氓为之序。

顧千里評校硃筆

譚復堂評校墨筆

顧千里云所題非也時序篇皇齊御覽是此書作于齊世

河陽盧氏録顧譚紀三家評校本丙寅冬自張先生處假來轉録此冊今以孫詒讓校字入用墨筆寫以孫校之字以別之 [illegible]記

紀云據時序篇此書實成於齊代今題曰梁蓋後人所追題猶玉臺新詠成於梁而今本題陳徐陵耳

紀云自漢以來論文者罕能及此彥和以此發端所見在六朝文士之上○文以載道明其當然文原於道明其本然識其本乃不

文心雕龍卷第一

梁通事舍人劉勰彥和述

梁 劉 勰撰

北平黃叔琳注

河間紀 昀評

原道第一

文之爲德也大矣與天地並生者何哉夫玄黃色雜方圓體分日月疊璧以垂麗天之象山川煥綺以鋪理地之形此蓋道之文也仰觀吐曜俯察含章高卑定位故兩儀既生矣惟人參之性靈所鍾是謂三才爲五行之秀實天地之心（一本實上有人字心下有生字）心生而言立言立而文

明嘉靖三十五年三癸亭刻本《池上编》

印文：曹大铁图书记（朱文）

曹大铁（1916–2009），原名鼎，字大铁，别号北野夫、若木翁、菱花馆主等，以字行，江苏常熟人。曾从于右任学书法，随张大千学绘画，民国二十九年（1940）毕业于杭州之江大学土木系。精鉴别，好收藏，堂号有半野堂、菱花馆、双照堂等，其邺架藏有绛云楼、也是园、鸽峰草堂、爱日精庐、稽瑞楼、铁琴铜剑楼及毛氏汲古阁等诸多名家旧藏。

池上編卷一

射陵朱曰藩著

升菴楊慎批選

竹西

望望行宫地遥遥大業年山光連古寺水調尚遺篇軟纜千花妓迷樓五色烟繁華何可吊高樹起秋蟬

山光水調坊題

泛白馬湖

萬象肅玄夜兩湖粘碧霄魚龍海藏伏星月玉壺搖俊味飛霜刃清歌倚洞簫秪疑天路近河

旧抄本

《元故宫遗录》

印文：周绍良印（白文）、蠹斋（朱文）

周绍良（1917–2005），安徽建德县（今安徽池州市）人。著名历史学家、敦煌学家、佛学家、收藏家、文物鉴定专家，曾师从陈垣、谢国桢等大家。出生于书香世家，其曾祖父为晚清重臣周馥，祖父为著名实业家周学熙，父亲是著名佛学家周叔迦。周绍良曾担任国务院古籍整理规划小组顾问、文化部国家文物鉴定委员会委员等职，编著有《唐代墓志汇编》《敦煌变文汇录》《清代名墨谈丛》等。

元故宮遺錄

廬陵虎溪蕭洵編

南麗正門內曰千步廊可七百步建靈星門門建蕭牆周迴可二十里俗呼紅門闌馬牆門內數十步許有河河建白石橋三座名周橋

清文瑞楼抄本《百衲居士铁围山丛谭》

印文：来燕榭（朱文）、黄裳青囊文苑（朱文）、黄裳壬辰以后所得（朱文）

黄裳（1919–2012），本名容鼎昌，当代散文家、记者，黄裳为其笔名，祖籍山东青州。一生著述颇富，晚年以藏书、评书、品书享誉文坛。陈子善称其：『不仅仅是藏书家，还是版本学家，这两者是有区别的，不是所有人都能做到。』其藏书处为来燕榭，所写书话被誉之为『当代「黄跋」』，有大量追随者模仿其文。

百衲居士鐵圍山叢譚卷第一

蔡絛

太祖皇帝應天順人肇有四海受禅行八年矣當乹德之五祀而五星聚於奎明大異常奎下當曲阜之墟也時太宗適為兖海節度使則是太宗再受命也此所以國家傳祚聖系皆自太宗應符既同乎漢祖而卜年宜過於周曆矣

仁廟晚未得嗣天意頗無聊稍事燕游一日於後苑龍翔池南作両小亭東一亭曰迎曙未幾立皇姪為皇子而賜名適與亭名合不一年即位是為英宗

神宗當宁已負疾一日後苑池水忽沸且久不已神宗

文瑞樓

明万历徐氏东雅堂刻本《昌黎先生集》

印文：容家书库（白文）、裳读（朱文）、黄裳珍藏善本（朱文）、黄裳青囊文苑（朱文）、草草亭藏（朱文）

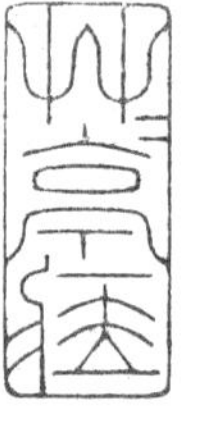

以上藏书印皆为当代藏书大家黄裳（黄氏简介见上页）先生所用印。由钤印之多，可见黄裳先生对此书喜爱之深。黄裳本名容鼎昌，所以右下方钤有『容家书库』一印。此书为明万历年间苏州人徐时泰翻刻宋廖莹中世綵堂本，为明代影宋刻本中的精品，黄裳先生深谙版本之学，知道此书之亮点所在，故对此书尤为看重。

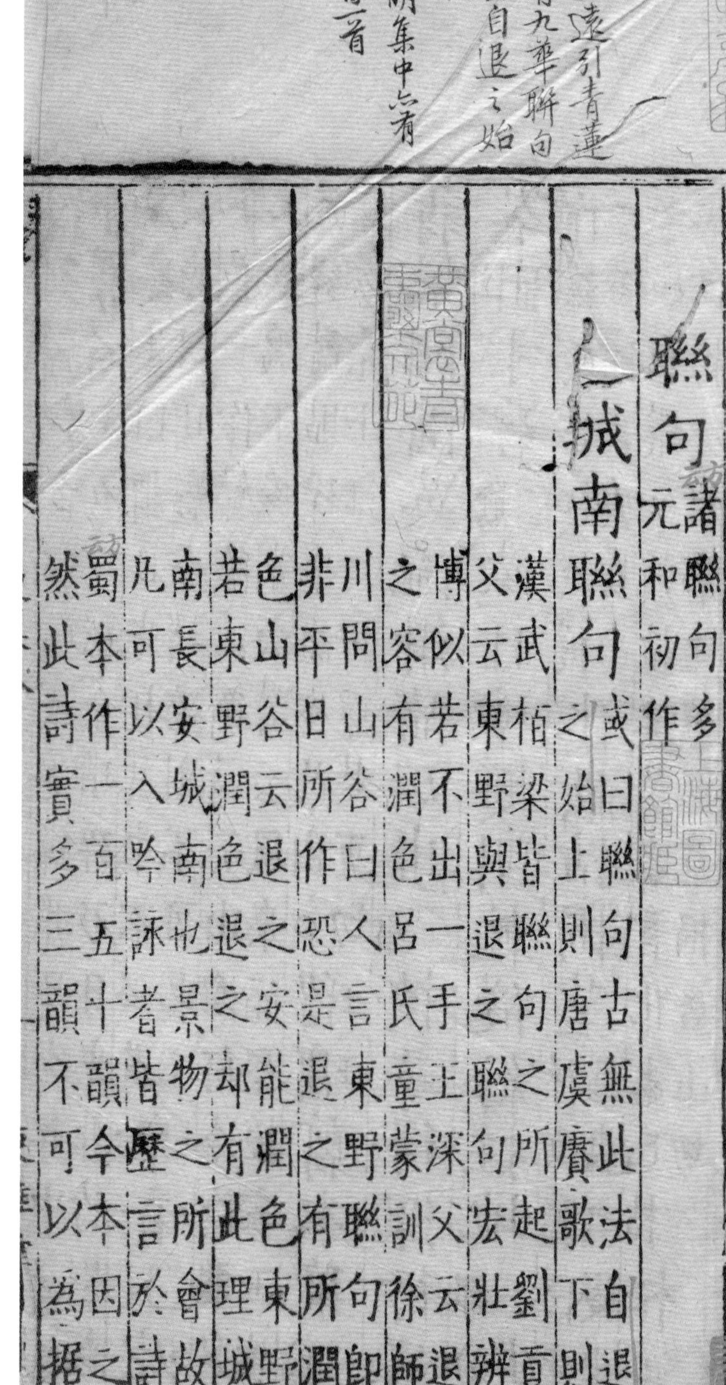

昌黎先生集卷第八

聯句 諸聯句多元和初作

城南聯句 或曰聯句古無此法自退之始上則唐虞賡歌下則漢武柏梁皆聯句之所起劉貢父云東野與退之聯句宏壯辨博似若不出一手王深父云退之容有潤色呂氏童蒙訓徐師川問山谷曰人言東野聯句卽非平日所作恐是退之有所潤色山谷云退之安能潤色東野若東野潤色退之卻有此理城南長安城南也景物之所會故凡可以入吟詠者皆歷言於詩蜀本作一百五十韻今本因之然此詩實多三韻不可以爲据

不必遠引青蓮已有九華聯句何云自退之始哉

淵明集中亦有聯句首

清初抄本《嘉定屠城纪略》

印文：汉阳刘氏珍秘（朱文）、刘苍润读书记（朱文）

刘苍润，又名昌润，字或号为复庵，早年曾在武汉租界洋行任职，酷爱古书，自习版本目录之学，又得前辈藏书家徐恕指点，颇有成就。所藏多有柯逢时、徐恕旧藏，晚年将所藏及身而散，陆续见于各拍场，遂花散千家。

印文：枚庵流览所及（朱文）

此印为吴翌凤（吴氏简介见第二六页）印记。

眉貢士則王雲程青衿則黄淵耀等七十八
人其時孝子慈孫貞夫烈婦才子佳人横羅
鋒鏑尚不可勝計設縣以来絶無僅有之異
變也予目擊寃酷不忍無記事非灼見不敢
增飾一語間涉風聞亦必尋訪耆舊衆口相
符然後筆之于簡後有弔古之士哭寃魂于
悽風慘月之下者庶幾得以考信也夫

嘉定屠城紀畧終

明刻本

《唐大家柳柳州文集》

印文：野道人（朱文）、史野（朱文联珠印）

史野，字旷庐，近代北京人。曾任北平市政府秘书。由书上题跋及钤印可知，此书原本为散页之残本，由当时的书主『醒愚』重新装池，然后一新，题跋者认为，如果古人知道醒愚此举的话，应该认他是个知己。

柳州文集三卷芳庭门评点明椠残本也醒愚取而重装之遂不致散佚古人有知当感谢知己矣

壬申之秋七月既望野道人澴识

明版柳柳州文集

卷四之五 野庵

醒愚题 壬申中秋七月

清光绪二十二年常熟翁氏刻本《曝书亭词拾遗》

印文：拥书权拜小诸侯（白文）、美灵根室藏书（白文）

印文：拜鸳（朱文）

前两印未知印主是谁，然爱书之情油然可见。清代苏州藏书家汪士钟有藏书楼名为艺芸书舍，堂中悬有对联：『种树类求佳子弟，拥书权拜小诸侯』，嗣后『拥书权拜小诸侯』一语为诸多藏书家所喜，辄以此语入印。

『拜鸳』为清人杨盈藏书印，由跋语可知其堂号为享金楼。古时女子无才便是德，身为女子而通翰墨，且喜藏书，又能校书者，实为罕见。

紙

亭金樓掌書畫史楊盈拜篤校過

敘

昔竹垞老人之爲詩餘也語其傳作夥於鴛鴦湖之編排攷諸選家繁若花間尊前之採輯觀夫著錄之本卷帙所裒並時詞流莫與比富讀者以爲探驪龍之頷宜少遺珠窺全豹之斑必無隱采矣何意煙霜既嬗緗槧相仍聚千狐以爲裘而腋尚餘於裘外指一臠以嘗鼎而肉猶富於鼎中斯則藝林佚事之不傳詞苑叢談所未及者也虞山翁君澤之劬書綺歲雅好樂章靈契之深乃在長水嘗於書肆見老人詩餘手稿焉帋墨閱三百年之久喜羽陵蠹册之未亡篇題多數十闋而羸疑鴻烈外篇之初出乃入雒陽之市王仲任未暇終篇而求西蜀之書桓君山爭先購去望塵莫及割愛仍難既失鹿於後期亟借鴟以錄副翁君以爲蘭亭千億實從

詞敘　一

印文：宜子孙（朱文）、国粹（朱文）

此两印未知印主人是谁，『宜子孙』之印面右方图形颇似佛教建筑中的力士。古人偶尔会将佛像刻入藏书印，或是将佛经、咒语刻入藏书印，希望借助神佛菩萨之力，保护藏书不受兵、火、水、虫四厄。力士乃护法之神，印主人应该是希望能借力士护法，永保藏书无虞。

聖安本紀小序

燕京失守　先帝以身殉　宗廟社稷南都諸
臣擁戴福藩以正大統斯時也誠枕山寢苫之
秋臥薪嘗膽之會也使內外文武諸大臣精白
乃心共奬王室司職事者咸曰必報讐聲罪致
討毋有二心也履戎行者咸曰有死無二誓滅
此而朝食也將奮其武怒以雪　先帝之恥沙
陀之三矢可以復命秦墻之七日可以乞師矣
而無如貴陽青田輩背公競利結黨營私捨

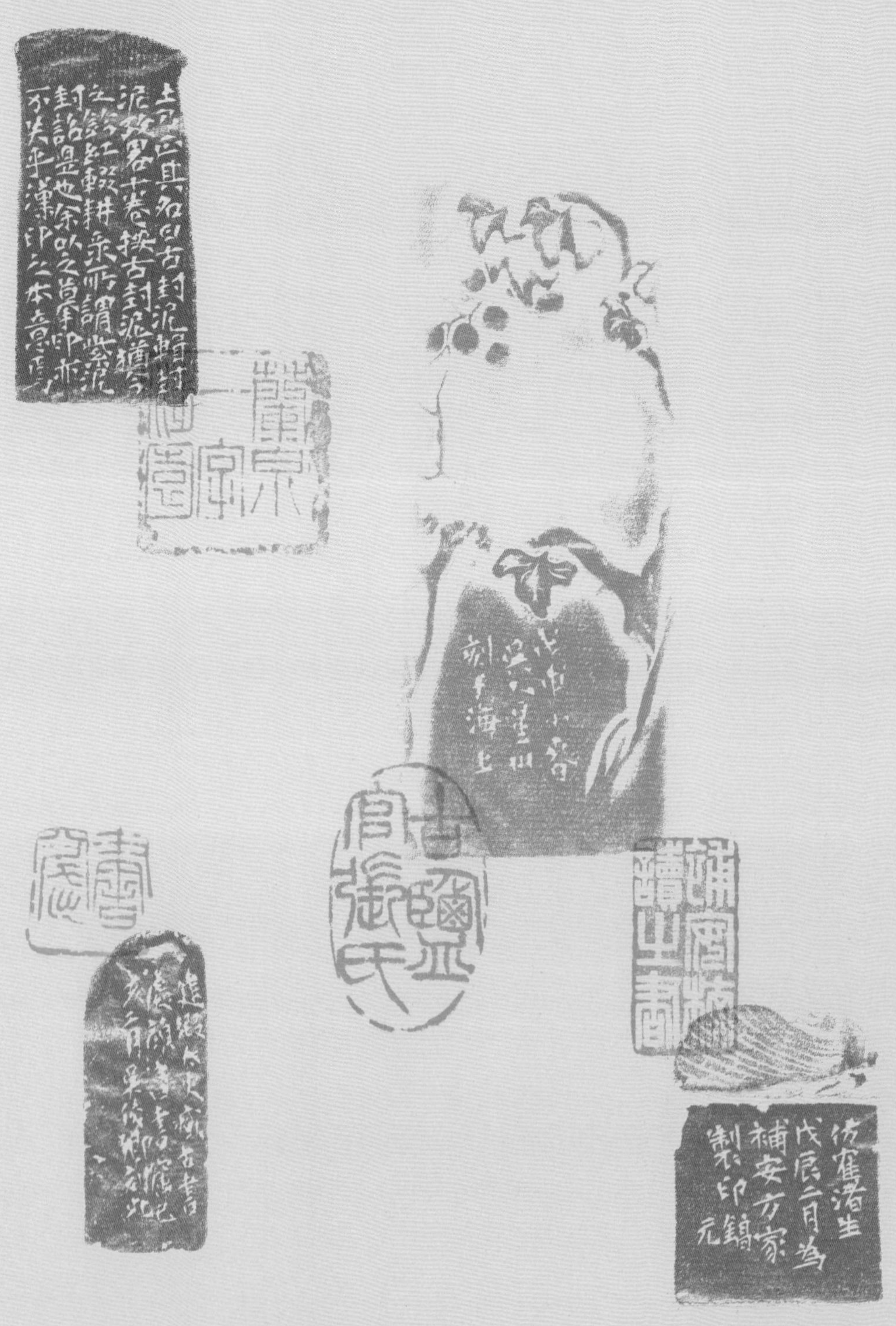

之餘紅緞耕桑所謂紫泥
封誥是也余以之摹印亦
不失乎漢印之本意耳
仿雀潴生
戊辰二月為
補安方家
製印鍚
元

藏书印原石

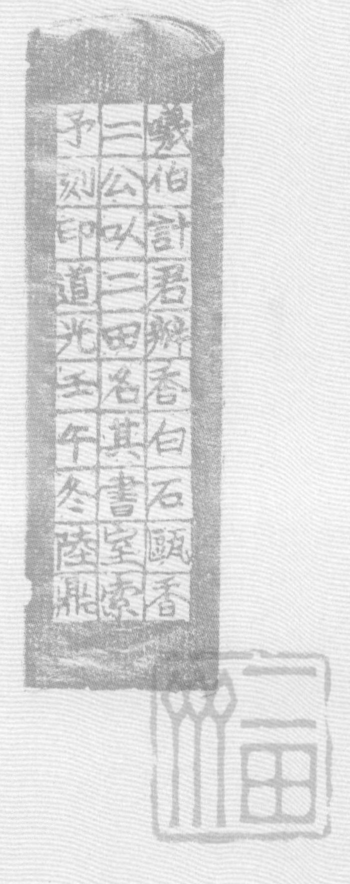

陈鸿寿刻黄丕烈用印

印　　主：黄丕烈
篆 刻 家：陈鸿寿
印　　文：复翁启事
边款一：曼生为荛圃作。
边款二：曼生为黄丕烈作。『复翁』『求古居士』皆其号也。嘉庆中曼生尝二访黄氏，又有『百宋一廛』之作，今归上海博物馆矣。慰祖。
尺　　寸：2.2×2.1×5.1cm
材　　质：青田石
篆刻年份：不详

黄丕烈（1763–1825），字绍武，又字绍甫、承之，号荛圃、复翁、求古居士、秋清居士、佞宋主人等，江苏吴县人。酷嗜藏书，尤精版本目录及校勘之学，搜购宋本书一百二十二种，专藏一室，名为『百宋一廛』，请顾广圻作《百宋一廛赋》并自作注释，说明版刻源流和收藏传授。另有藏书室士礼居、陶陶室等。黄氏勤于校勘，每得珍本，即作跋语，所作藏书题跋独具风格，学术价值尤高，被誉为『黄跋』，为世所重。

陈鸿寿（1768–1822），字子恭，号曼生、曼公、曼寿，浙江杭州人。工诗文、书画，善制紫砂壶，人称『曼生壶』。篆刻继丁敬、黄易印风，参以汉法，印文笔画方折，用刀大胆，自然随意，古拙肆意，苍茫浑厚，为『西泠八家』之一。

按：边款二为当代著名学者、篆刻家孙慰祖先生近年添补。

陆鼎刻计光炘用印

印　主：计光炘

篆刻家：陆鼎

印　文：二田斋

边　款：曦伯计君瓣香白石、瓯香二公，以『二田』名其书室，索予刻印。道光壬午冬。陆鼎。

尺　寸：2.4×2.4×8cm

篆刻年份：清道光二年（1822）

计光炘（1803–1860），字曦伯，号二田，浙江嘉兴人。喜藏书，达六万余卷。又精画理，凡山水花卉，皆穷其妙。计光炘以『二田』自号，并以之命名藏画室。『二田』指明代画家沈周（号石田）、清代画家恽寿平（号南田），计光炘收藏二人真迹较多，故以之命名。

陆鼎，字玉调，一作子调，号铁箫、梅叶道人，江苏苏州人。善山水，宗董、巨及元四家，花鸟似沈周、陈道复，人物、佛像、仕女，不为绳墨所拘。精篆刻，自篆图章曰『铁派』。

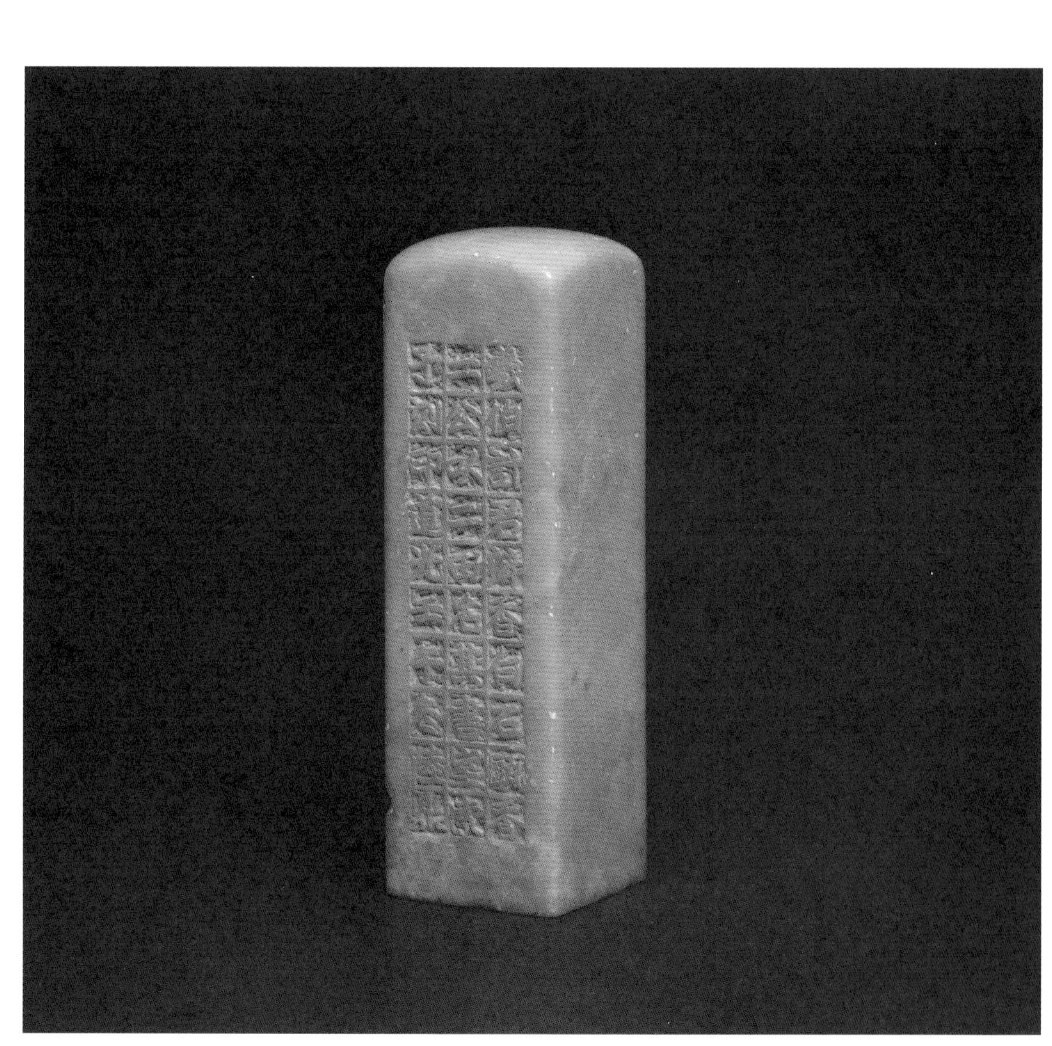

王素刻彭桐桥用印

印　主：彭桐桥

篆 刻 家：王素

印　文：彭氏此静坐斋藏书印

边　款：桐桥先生属。小梅。

尺　寸：4.5×3.1×7.2cm

材　质：寿山石

篆刻年份：不详

彭桐桥，原名潜，更名为湘，字管三，号庆长，江苏常州人。淡于仕宦，幕游于黔、粤之间。室名此静坐斋，藏书极富，积三十余年，积书数万册，见善本书必典衣倾囊购之，所得幕俸尽以置书。

王素（1794–1877），字小梅，号逊之，江苏扬州人。善绘画，凡人物、花鸟、走兽、虫鱼，无不入妙。篆刻效法汉印，为画名所掩。

翁大年刻陈介祺用印（一）

印　　主：陈介祺
篆 刻 家：翁大年
印　　文：簠斋清供
边　　款：为寿卿作。叔均。
尺　　寸：1.2×1.2×4.8cm
材　　质：寿山石
篆刻年份：不详

陈介祺（1813–1884），字寿卿，号簠斋、海滨病史、齐东陶父，山东潍坊人。道光二十五年（1845）进士，官至翰林院编修。嗜好鉴赏收藏金石文物，享誉海内。著有《十钟山房印举》，因多藏古玺及秦汉印，故曾名其楼为『万印楼』。又因其古钟收藏而名其斋为『十钟山房』。光绪九年（1883）辑《十钟山房印举》，一百九十一册本，存印一万零二百八十四方，为古今印谱之冠。

翁大年（1811–1890），原名鸿，字叔钧，号陶斋，江苏吴江人。清代书画家翁广平之子，工篆刻，精鉴别。篆刻取法宋，兼及秦汉，工秀有法。

翁大年刻陈介祺用印（二）

印　主：陈介祺
篆刻家：翁大年
印　文：寿卿
边　款：叔均。
尺　寸：1.2×1.2×5.8cm
材　质：水晶石
篆刻年份：不详

谢庸刻陆心源用印

印　主：陆心源

篆刻家：谢庸

印　文：存斋四十五岁小像。戊寅二月，梅石并刊

边　款：无

尺　寸：3.4×3.4×4.3cm

材　质：寿山石

篆刻年份：清光绪四年（1878）

陆心源（1834–1894），字刚父，一作刚甫，一字潜园，号存斋，浙江湖州人。官至福建盐运使，性好聚书，精校勘及金石之学，创建皕宋楼藏宋元旧刻，为晚清四大私人藏书楼之一。又有十万卷楼，收明清时期的珍贵刻本、名人稿抄校本。另有守先阁，藏普通古籍，并开放供士人阅览。长子陆树藩于心源去世后将藏书尽售日本静嘉堂文库，此事成为中国书史的一段血泪史。

谢庸（1832–1900），字梅石，别署临伯，江苏吴县人。室名梅石庵。工篆刻，尤善镌碑，为吴中第一手。

徐三庚刻陆心源用印

印　主：陆心源
篆 刻 家：徐三庚
印　文：存斋
边　款（一）：皕宋楼第七印。
边　款（二）：辛穀制。
尺　寸：1.1×1.1×4.1cm
材　质：田黄石
篆刻年份：不详

徐三庚（1826-1890），字辛穀，号井罍、金罍、山民等，浙江上虞人。清代著名书法篆刻家。篆、隶取法《天发神谶碑》，风格独具。篆刻初学陈鸿寿、赵之琛，四十岁后参以汉印结体，颇见功力，风格飘逸，疏密有致，自成一家。

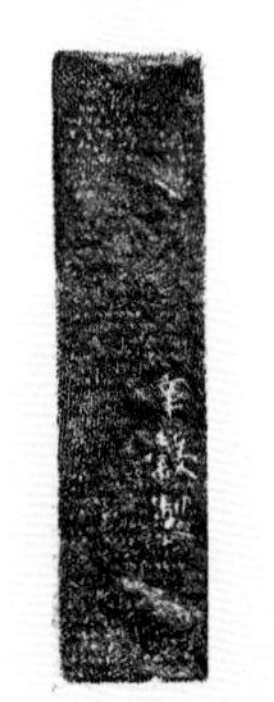

汪行恭刻丁立诚用印

印　主：丁立诚

篆刻家：汪行恭

印　文：八千卷楼藏书记

边　款：君家钝丁至为开朴，今从之以俟正于修哥。己卯，仲行。

尺　寸：2.4×2.4×3.7cm

材　质：青田石

篆刻年份：清光绪五年（1879）

丁立诚（1850-1911），字修甫，号慕倩，晚号辛老、莘老，浙江杭州人。八千卷楼主人丁申之子，以藏书闻海内，所收西泠八家刻印尤富。

汪行恭（1852-1880），字仲行，号子乔，浙江杭州人。光绪元年（1875）举人，官内阁中书。精书法，善篆刻。传世作品稀见。

吴浩刻廖世荫用印

印　主：廖世荫
篆刻家：吴浩
印　文：古瞜拥百城楼主人珍藏书画印记
边　款：庚寅上元日，吴浩篆于鄮山署斋。
尺　寸：2.7×2.7×7.8cm
材　质：寿山石
篆刻年份：清光绪十六年（1890）

廖世荫（1865-1916），字樾衢，号縠士，上海嘉定人。有挹百城楼。吴大澂女婿。

吴浩（?-1890），字子洛，号幻琴，浙江杭州人。诸生，工书画，精篆刻，得丁、黄笔法，取法浙派，工稳平实，朴茂典雅。

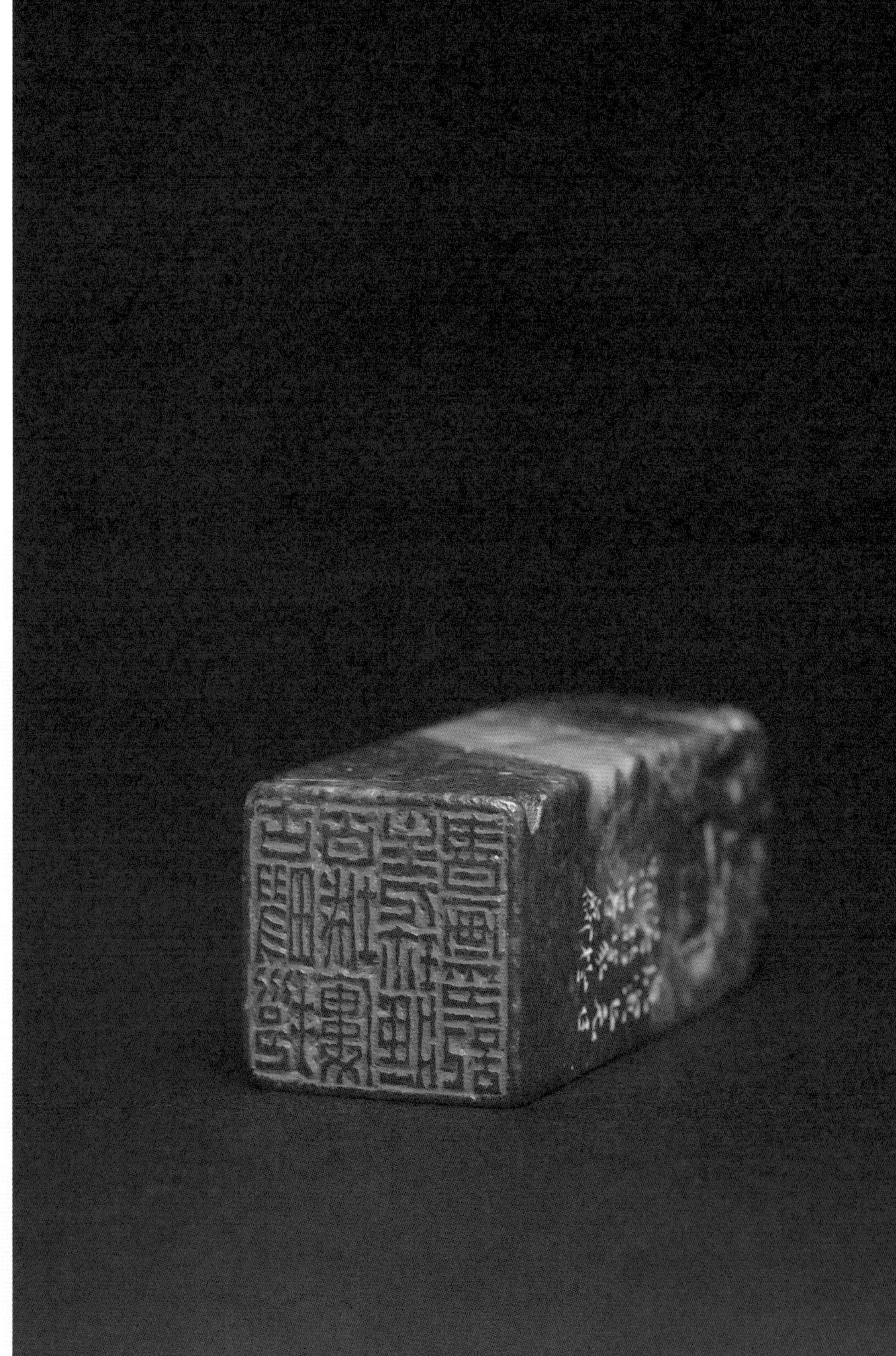

谢庸刻叶昌炽用印（对章一）

印　主：叶昌炽
篆 刻 家：谢庸
印　文：长洲叶昌炽印信长寿
边　款：鞠裳太史大人诲正。乡晚生谢庸篆。
尺　寸：2.6×2.6×6.6cm
材　质：青田石
篆刻年份：清光绪十八年（1892）

谢庸刻叶昌炽用印（对章二）

印　主：叶昌炽
篆 刻 家：谢庸
印　文：鞠裳
边　款：壬辰正月，吴趋梅石庵主同客粤东。
尺　寸：2.6×2.6×6.6cm
材　质：青田石
篆刻年份：清光绪十八年（1892）

吴昌硕刻刘家立用印

印　　主：刘家立
篆 刻 家：吴昌硕
印　　文：移盦藏书
边　　款：移盦先生藏书印。吴俊。
尺　　寸：2.7×2.1×3.6cm
材　　质：芙蓉石
篆刻年份：不详

刘家立，字建伯、剑白，号铁叟，清末民国人，祖籍镇江，久居北京。与沈曾植、冯煦等名家均友善。。

吴昌硕（1844–1927），初名俊，后改俊卿，字仓石、仓硕，昌硕，号缶庐、缶道人、苦铁等，浙江安吉人，后居上海。诗、书、画、印皆精，书法以石鼓文最为擅长，力透纸背，独具风格。篆刻初从浙、皖两派入手，后又取法邓石如、吴熙载、赵之谦各家之长；上溯秦、汉玺印、封泥、砖瓦，朴茂苍劲，独辟出富于写意气息的篆刻艺术，为一代宗师。

吴昌硕刻江标用印

印　主：江标
篆刻家：吴昌硕
印　文：书窟
边　款：建遐太史藏古书处颜之曰『书窟』。己亥二月，吴俊卿刻此。
尺　寸：2×2×5cm
篆刻年份：清光绪二十五年（1899）

江标（1860–1899），字建霞，号师许、誃笘等，江苏苏州人。光绪十五年（1889）进士，官翰林院编修。后曾出任湖南学政，倡变法维新，先开风气。擅诗词，书工小篆，擅画山水，亦精篆刻。精鉴别，收藏金石书画甚富，藏书重宋元刻本、旧校旧抄、

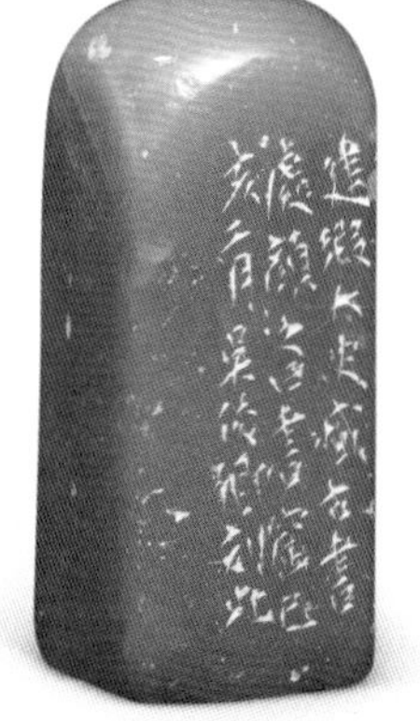

罗浚刻叶德辉用印

印　主：叶德辉

篆 刻 家：罗浚

印　文：观古堂

边　款：郎园先生著书之处曰『观古堂』，属余制印。己亥嘉平，朗秋并记。

尺　寸：2.9×2.9×5.7cm

材　质：芙蓉石

篆刻年份：清光绪二十五年（1899）

罗浚，字朗秋，又号秋道人，近代湖南常德人。工篆刻。

郎園先生
著書之處
曰觀古堂
屬余製印
己亥嘉平
朗秋並記

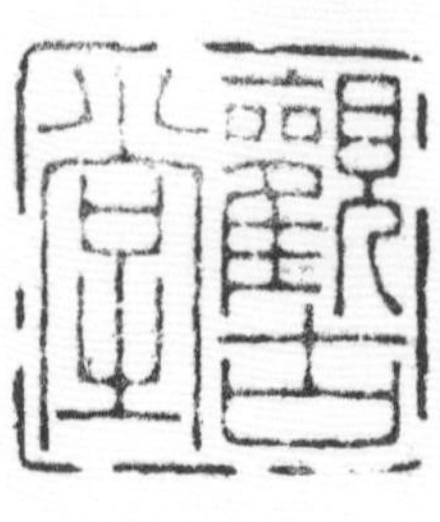

王大炘刻姚绳武用双面印

印　　主：姚绳武
篆 刻 家：王大炘
印　　文（一）：归安姚绳武藏书
印　　文（二）：咫进斋传书
边　　款（一）：庚子三月，为桐笙仁兄大人刻面面印。冰铁。
边　　款（二）：冰铁仿吴让之篆法，为桐笙太尊制印。
尺　　寸：2×2×4.7cm
篆刻年份：清光绪二十六年（1900）

姚绳武，浙江湖州人。藏书家姚觐元（?–约1902）之孙。

王大炘（1869–1924），字冠山，号冰铁，以号行，江苏苏州人，后居上海。工篆刻，初学浙派，后以秦汉为法，旁及皖派，面目秀丽，工稳典雅，曾名噪一时，对古金石文字皆有研究。与吴昌硕（苦铁）、钱厓（瘦铁）并称『江南三铁』。

王大炘刻郑文焯用印

印　　主：郑文焯
篆 刻 家：王大炘
印　　文：秘阁枝官
边　　款：辛丑十二月，为叔问先生作官名印，即乞正是。冰铁王大炘。并制虎钮。
尺　　寸：1.8×1.8×3.4cm
篆刻年份：清光绪二十七年（1901）

郑文焯（1856–1918），字俊臣、叔问，号小坡、瘦碧、冷红词客、大鹤山人等，辽宁铁岭人，久居苏州。曾任内阁中书，精通音律，为晚清著名词人，兼擅书画、金石、医学，精于鉴别，富收藏。

徐新周刻张光第用印

印　主：张光第
篆 刻 家：徐新周
印　文：古盐官张氏
边　款：戊申小春，吴人星州刻于海上。
尺　寸：3.6×2.2×10cm
篆刻年份：清光绪三十四年（1908）

张光第（1875–1916），字渭渔，号盟鸥，浙江海宁人。好收藏金石书画，好藏书，尤富乡邦文献。

徐新周（1853–1925），字星州、星舟，江苏苏州人。吴昌硕弟子，篆刻苍劲有力，深得其师衣钵。

丁二仲刻刘体乾用印

印　主：刘体乾
篆刻家：丁二仲
印　文：刘健之收藏金石文字印
边　款：戊申夏，二仲。
尺　寸：2.3×2.3×2.5cm
篆刻年份：清光绪三十四年（1908）

刘体乾（1873-1940），字健之，安徽合肥人。晚清重臣刘秉璋之子。善收藏，民国初年因得到《广政石经》宋元拓本，名其堂曰『蜀石经斋』，影印出版分送友朋。同时遍征吴昌硕、康有为等名家题字作画，名重一时。

丁二仲（1865-1935），原名尚庾，一作上庾，字二仲，以字行，祖籍浙江绍兴，北京通州人。善书画，精篆刻。擅以汉印为法，错落有致，苍莽淋漓。在当时与齐白石齐名，有『南丁北齐』之誉。

王大炘刻张钧衡用印（一）

印　　主：张钧衡

篆 刻 家：王大炘

印　　文：乌程张钧衡石铭父审定

边　　款（一）：辛亥六月为石铭先生制。

　　冰铁王大炘。

边　　款（二）：愚庄刻。

尺　　寸：2.5×2.5×4.2cm

篆刻年份：清宣统三年（1911）

张钧衡（1872–1927），字石铭，号适园主人，浙江湖州人。祖父张颂贤以经营盐业致富，成为『南浔四象』之一。清光绪二十年（1894）中举，后从商，之后以其雄厚资财，大量收购图书，子张乃熊、孙张珩皆以收藏名于世。

按：边款（二）所对应印面，或经磨去并改刻为今日所见之印面。『愚庄』或为常熟篆刻家、吴昌硕弟子李钟（1863–1937，字虞章，愚庄、古愚）。

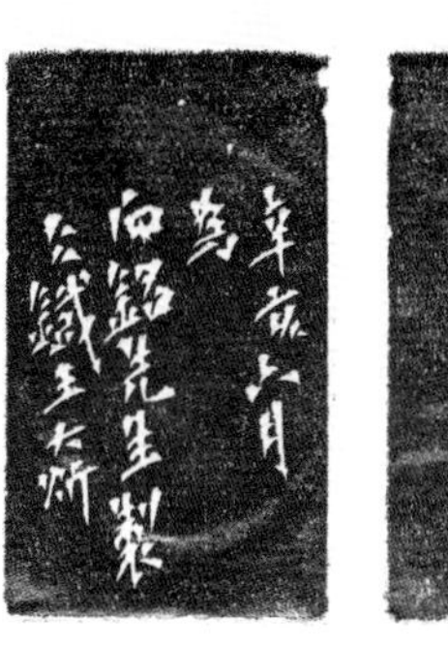

王大炘刻张钧衡用印（二）

印　　主：张钧衡
篆 刻 家：王大炘
印　　文：乌程张氏适园藏书印
边　　款：辛亥六月，仿文何法，以流动之笔成之，即乞石铭先生方家指正。冰铁王大炘制。
尺　　寸：2.6×2.5×4.4cm
篆刻年份：清宣统三年（1911）

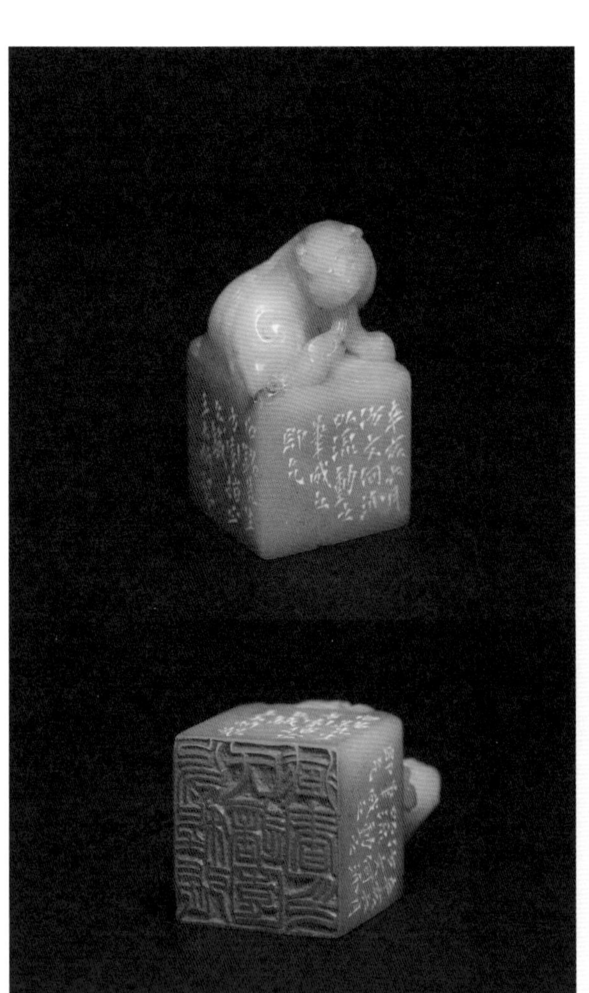

佚名刻徐乃昌用印

印　主：徐乃昌
篆 刻 家：佚名
印　文：积学斋藏石
边　款：（顶款被磨去）
尺　寸：1.2×1.2×2.4cm
篆刻年份：不详

按：徐乃昌生前多请江苏篆刻家徐中立（1862-?，一名立，字德卿，号石农）为其治印。此印或许也是徐氏所刻。

王大炘刻陶湘用印（一）

印　主：陶湘
篆刻家：王大炘
印　文：涉园
边　款：冰铁制。
尺　寸：2.8×2.8×7.6cm
篆刻年份：不详

陶湘（1871–1940），字兰泉，又字述庵，湄村，号涉园、息柯居士等，江苏武进人。曾任京汉路养路处机器厂总办。因藏宋版《百川学海》，名其藏书处为『百川书屋』。同时，陶氏又不专重宋元古本，而以明清精印本为主要搜求目标，尤嗜明闵氏、凌氏套印本（因而有『萃闵堂』之室名），毛氏汲古阁刻本，清武英殿刻本及开化纸本。

王大炘刻陶湘用印（二）

印　　主：陶湘

篆 刻 家：王大炘

印　　文：兰泉一字涉园

边　　款：《筠清馆金石》云：汉印泥即汉『印泥子也。以泥杂胶为之』，其质甚坚。道光二年，蜀人握土得百数枚，赍至京师，诸城刘燕庭、仁和龚定盦叹为奇宝。以泥质历二千年而不损，古今无谭及者，能不宝贵？是时吴子苾、陈簠斋广为搜罗，齐鲁之间时有出土，乃正其名曰『古封泥』，辑《封泥考略》十卷。按，古封泥犹今之钤红，《辍耕录》所谓『紫泥封诏』是也。余以之摹印，亦不失乎汉印之本意焉。涉公以为然否？壬子岁夏，巏山民王大炘制，并记于冰铁戡。

尺　　寸：2.8×2.7×5.5cm

材　　质：寿山石

篆刻年份：1912 年

陶瑢刻陶湘用印（对章一）

印　　主：陶湘
篆 刻 家：陶瑢
印　　文：陶湘
边　　款：鉴泉制。冰铁署款。
尺　　寸：2.0×2.2×5.9cm
材　　质：昌化鸡血石
篆刻年份：不详

陶瑢（1872-1927），原名璐，字宝如，又字心庄，号鉴泉，江苏武进人。陶湘之弟。诸生，曾官河南临颍知县。辛亥革命后，流寓京、津，任财政部秘书。善书画，又工摹印，专师秦、汉。与王大炘等名家交好。

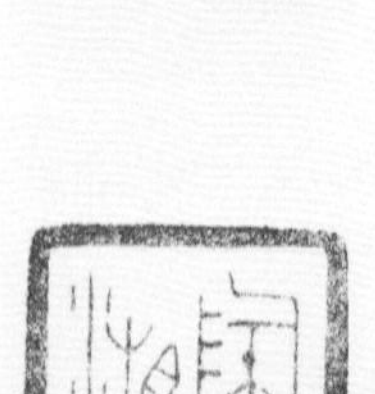

陶瑢刻陶湘用印（对章二）

印　　主：陶湘
篆 刻 家：陶瑢
印　　文：涉园父
边　　款：心庄。
尺　　寸：2.0×2.2×5.9cm
材　　质：昌化鸡血石
篆刻年份：不详

李尹桑刻王秋湄用印

印　主：王秋湄
篆 刻 家：李尹桑
印　文：王秋湄读书记
边　款：壶父刻为秋湄先生。癸丑夏五月。
尺　寸：2.3×2.3×5.4cm
材　质：寿山芙蓉石
篆刻年份：1913年

王秋湄（1884–1944），原名王蘧，字秋湄，号秋斋。广东番禺人。早年肄业于武备学堂，后入上海震旦大学习法文。致力于金石文字、篆刻音韵研究，富收藏，工书法，章草尤负盛名。

李尹桑（1882–1945），字茗柯，一作楔柯，号壶父、玺斋、秦斋等，原籍江苏苏州，寄居广东番禺。精研篆刻碑拓数十年，为晚清著名篆刻家黄士陵高足，精治小玺，印文方折硬挺，用刀生辣犀利，布局谨严，稳重中多变化。

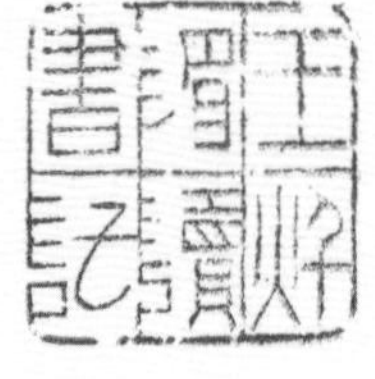

钟以敬刻奚光旭用印

印　主：奚光旭
篆 刻 家：钟以敬
印　文：澄江奚氏
边　款：乙卯长夏，禽申。
尺　寸：3.2×1×3.3cm
材　质：寿山石
篆刻年份：1915 年

奚光旭（1880–1919），一名旭，初字振镛，后字莩铭、野鹤，以字行，江苏江阴人。清末民初上海颜料巨商，收藏家。曾捐资建立吴县图书馆。

钟以敬（1866–1917），字越生、禽生、禽申，号让先、窳龛等，以字行，浙江杭州人。少嗜金石，摩挲不倦。精篆刻，博采赵之谦、陈豫锺、徐三庚等诸家，形神皆得。作品精整隽雅，布局、字法、用刀均得浙派神髓。西泠印社早期社员。

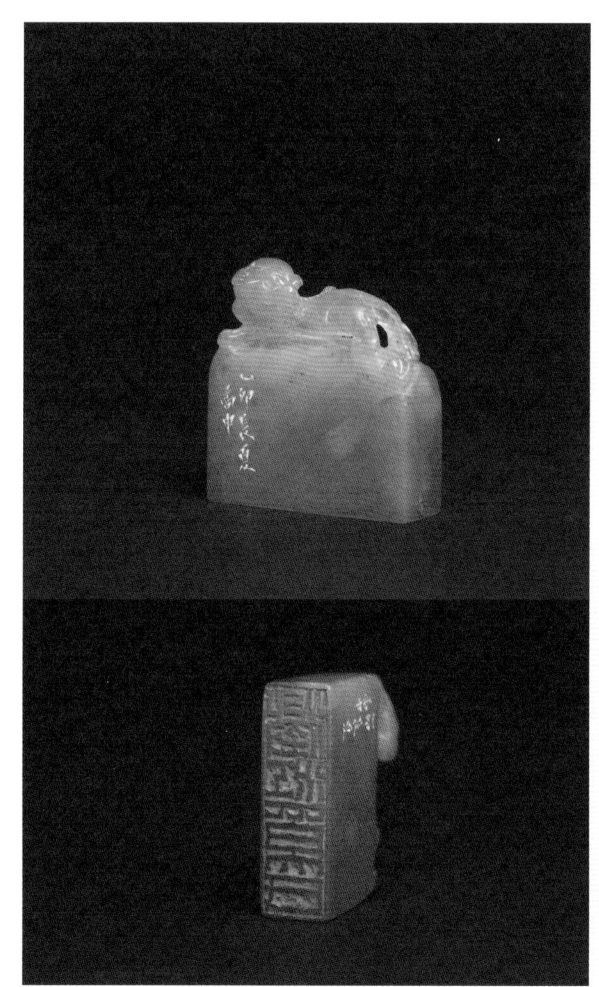

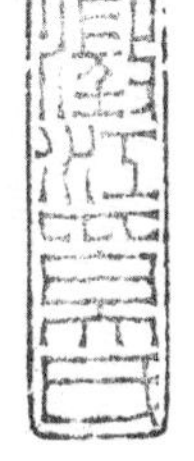

钟以敬刻王体仁用印

印　主：王体仁
篆 刻 家：钟以敬
印　文：绶珊启事
边　款：斋申。
尺　寸：2.1×1.8×4.9cm
材　质：寿山芙蓉石
篆刻年份：不详

王体仁（1873–1938），字绶珊，以字行，浙江绍兴人，迁居杭州，民国后居上海。王氏以经营盐业起家，嗜藏典籍，筑九峰旧庐，以巨资收得瞿氏铁琴铜剑楼、邓氏群碧楼等藏宋元珍本，另收集各地方志两千余种，不乏海内孤本。

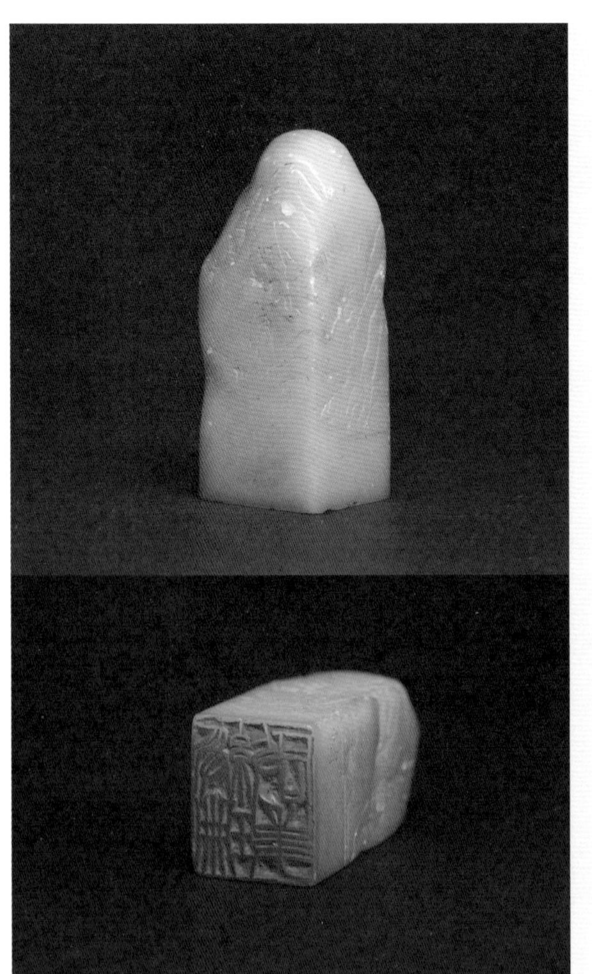

吴隐刻徐恕用印

印　主：徐恕
篆刻家：吴隐
印　文：鄂州徐氏
边　款：吴隐。
尺　寸：2.2×2.2×3.8cm
篆刻年份：不详

吴隐（1867-1922），原名金培，字石泉，更名后字石潜，号遁庵、潜泉。工书画、篆刻，篆刻宗汉法，又参清乾、嘉后诸家。为西泠印社创始人之一。又自设分社于上海。善制印泥，为上海印泥厂（上海西泠印社）的生产技术打下了深厚的基础。

钟以敬刻徐恕用印

印　主：徐恕
篆刻家：钟以敬
印　文：知论物斋
边　款：酓申拟汉。
尺　寸：2.1×2.1×3.8cm
篆刻年份：不详

王大炘刻王大隆用印（一）

印　主：王大隆
篆 刻 家：王大炘
印　文：王大隆
边　款（一）：冰铁。
边　款（二）：云生作。
尺　寸：1.1×1.1×3.5cm
材　质：寿山芙蓉石
篆刻年份：不详

王大隆（1900–1966），字欣夫，号补安，以字行，江苏苏州人。先后任圣约翰大学、复旦大学教授。善藏书，以所收名家稿抄校本名于世。以读书、教书、抄书、校书而终其一生。著有《文献学讲义》，编成《蛾术轩箧存善本书录》等。

按：边款（二）所对应印面，或经磨去并改刻为今日所见之印面。

王大炘刻王大隆用印（二）

印　主：王大隆
篆 刻 家：王大炘
印　文：补盦读书之记
边　款：冰铁为补庵制。
尺　寸：1.8×1.8×3.7cm
材　质：寿山芙蓉石
篆刻年份：不详

王大炘刻王大隆用印（三）

印　主：王大隆
篆刻家：王大炘
印　文：秀水王大隆印
边　款：汉印中最平直一种。冰铁制。
尺　寸：2×2×3.1cm
材　质：寿山芙蓉石
篆刻年份：不详

王大炘刻王大隆用印（四）

印　主：王大隆
篆刻家：王大炘
印　文：补盦
边　款：拟六国币文。冰铁。
尺　寸：1.5×1.4×2.9cm
材　质：昌化石
篆刻年份：不详

王大炘刻王大隆用印（五）

印　主：王大隆

篆刻家：王大炘

印　文：补安校记

边　款（一）：冰铁取汉竟文意制。

边　款（二）：曾□□

尺　寸：2.4×1.2×3.2cm

篆刻年份：不详

按：边款（二）所对应印面，或经磨去并改刻为今日所见之印面。

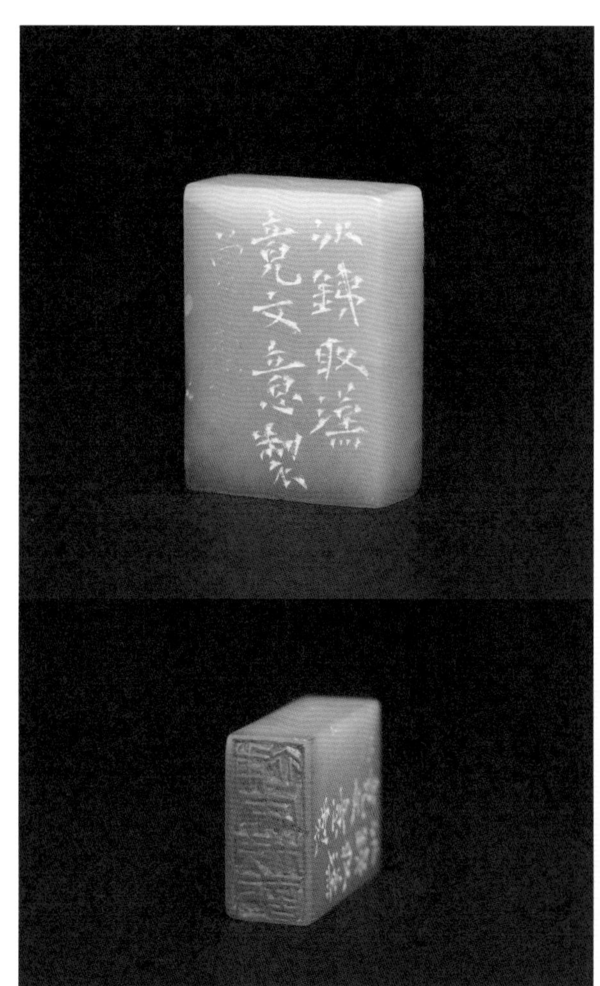

胡镐元刻王大隆用印（二）

印　　主：王大隆
篆 刻 家：胡镐元
印　　文：补安校读之书
边　　款：仿鹤渚生，戊辰二月为补安方家制印。镐元。
尺　　寸：2.5×1.3×3.4cm
篆刻年份：1928 年

胡镐元，字兆周，号民超，以字行，民国间江苏常熟人。善书画，亦富收藏，工篆刻。

胡镐元刻王大隆用印（二）

印　　主：王大隆

篆 刻 家：胡镐元

印　　文：补安借读

边　　款（一）：赵无闷曰：制印息心静气乃能浑厚。余深折是言。戊辰二月，镐元。

边　　款（二）：岱生仿古。

尺　　寸：1.9×1.9×3.3cm

篆刻年份：1928 年

按：边款（二）所对应印面，或经磨去并改刻为今日所见之印面。『岱生』或为苏州篆刻家陆泰（1835—1894，字岱生）。

趙元隱曰製印息
心靜氣乃能渾厚
余深折是言 戊辰三月
錫元

吴涵刻周庆云用印（对章一）

印　　主：周庆云
篆 刻 家：吴涵
印　　文：阅古楼藏书记
边　　款（一）：藏堪居士刻于沪。癸亥小暑节。
边　　款（二）：小猾张渊作于吟香阁。工拙近弗计也。
尺　　寸：2.9×2.9×7.2cm
材　　质：青田石
篆刻年份：1923 年

吴涵刻周庆云用印（对章二）

印　　主：周庆云
篆 刻 家：吴涵
印　　文：丽州司铎
边　　款（一）：仿古封泥遗意。癸亥重午先一日，吴藏龛。
边　　款（二）：应子安三兄之嘱，即正。小猾弟张渊篆制武林之吟香精舍。
尺　　寸：2.9×2.9×7.2cm
材　　质：青田石
篆刻年份：1923 年

按：边款（二）所对应印面，或经磨去并改刻为今日所见之印面。

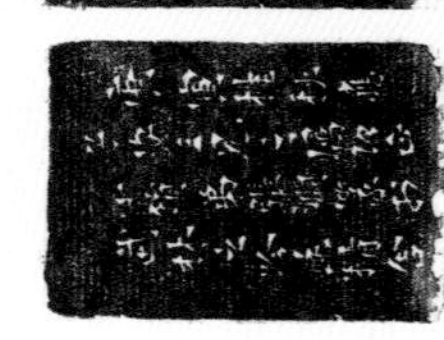

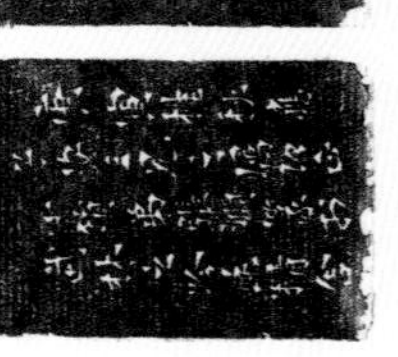

周庆云（1866–1934），字景星，一字逢吉，号湘龄，别号梦坡，浙江吴兴人。家族经商，为南浔巨富。一生收藏书画、金石、古器颇丰。喜藏琴谱，有《琴书存目》等。曾与张宗祥等主持补抄文澜阁《四库全书》。

吴涵（1876–1927），字子茹，号藏龛，一作藏堪，浙江安吉人。吴昌硕次子，清末贡生，任知县多年。自幼秉承家学，于训诂、词章、书画、金石、篆刻皆有造诣。篆刻作品老辣苍莽，一如其父，传曾为父代刀。西泠印社早期社员。

按：边款（二）所对应印面，或经磨去并改刻为今日所见之印面。

钱泉山刻陆树声用印

印　主：陆树声
篆 刻 家：钱泉山
印　文：陆氏树声
边　款：庚午四月，石仙作。
尺　寸：1.6×1.6×4cm
材　质：寿山石
篆刻年份：1930 年

陆树声（1882-1933），字叔桐，号適轩，浙江湖州人。陆心源之子，古籍、书画收藏甚富。

钱泉山，字石仙，以字行，民国浙江杭州人。工书画，尤精篆书，亦擅治印，与当时海上诸家往来甚密。

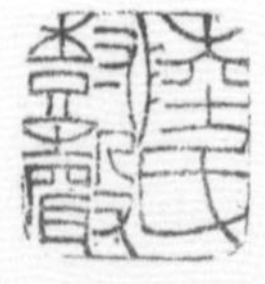

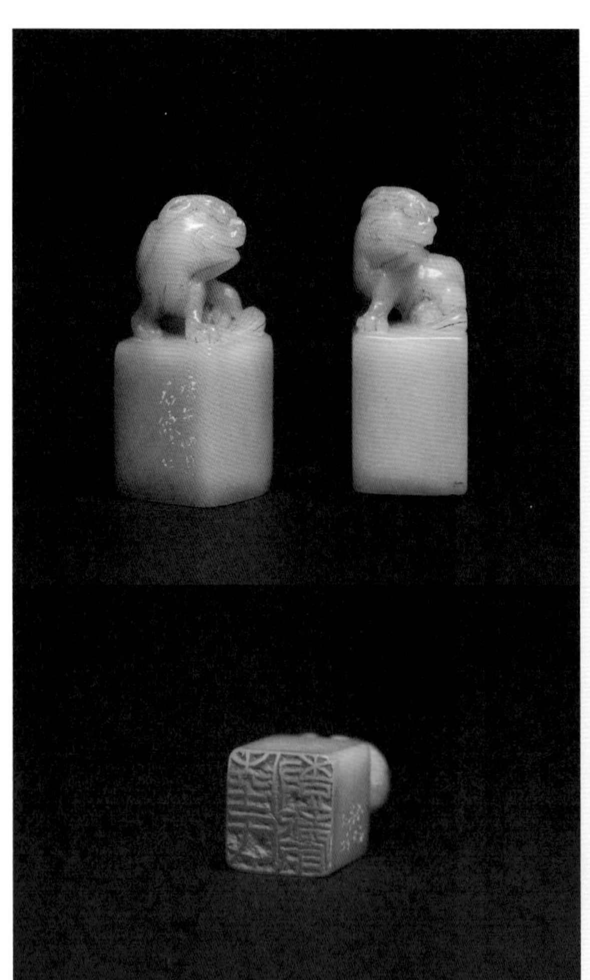

童大年刻刘之泗用印

印　　主：刘之泗
篆 刻 家：童大年
印　　文：公鲁校读
边款（一）：仿汉人穿带印。大年。
边款（二）：丙子秋惕菴篆。
尺　　寸：1.6×1.5×4.5cm
材　　质：寿山石
篆刻年份：不详

刘之泗（1900—1937），字公鲁，号畏斋、寅伯，安徽贵池人。古籍收藏家刘世珩之子，继承其父大量藏书。抗日战争时期，家人均往乡间避难。他因不忍丢下累世收藏的古籍，坚决不肯逃离苏州城，誓与藏书共存亡。由于受到异常惊吓成疾，不久便逝去。

童大年（1873—1953），原名暠，字幼来、醒庵，又字心安、心庵，号小松、性涵、古瀛处士等，上海崇明人，后居杭州。善书画，精篆刻，广学秦汉、明清，融会碑刻文字，刀法劲健，布局疏密间时有灵气。西泠印社早期社员。

按：边款（二）所对应印面，或经磨去并改刻为今日所见之印面。

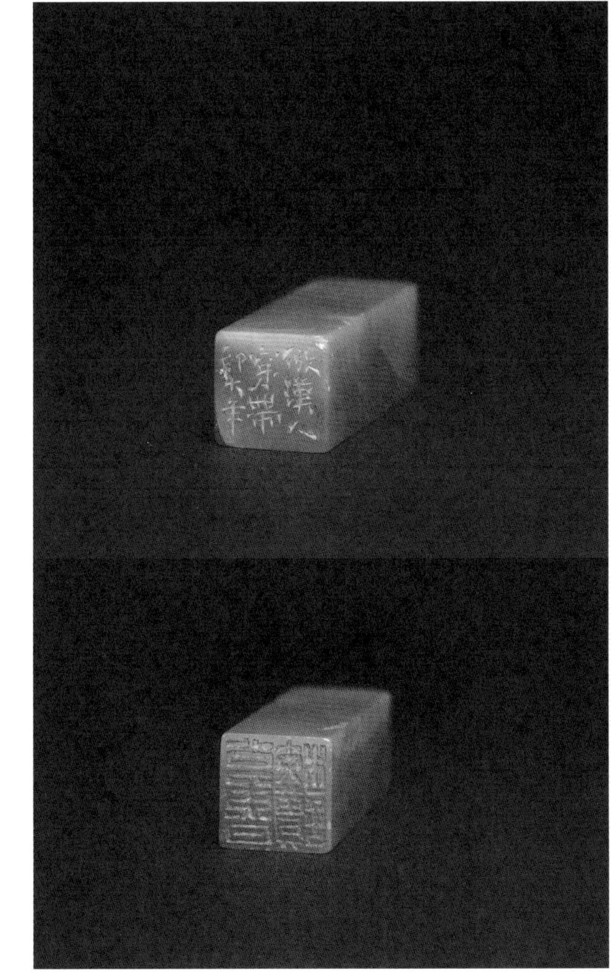

沈石龙刻潘景郑用印

印　主：潘景郑
篆刻家：沈石龙
印　文：丁丑以后景郑所得
边　款：景郑仁兄属。泉唐石龙。
尺　寸：2.2×2.2×4.5cm
篆刻年份：约 1937 年

沈石龙（生平不详），民国浙江杭州人。擅书画篆刻。

清乾隆四十三年刻本《樊榭山房集》（见第一五四页）

武钟临刻陈清华用印

印　主：陈清华
篆刻家：武钟临
印　文：陈清华印
边　款：澄中内弟清赏。拜丁武钟临篆。
尺　寸：1.9×1.9×6.2cm
材　质：寿山石
篆刻年份：不详

陈清华（1894–1978），字澄中，湖南祁阳人，久居上海，后移居美国。曾任上海中国银行总稽核。陈氏所藏宋元刻本既精且富，号为江南藏书第一，与北方著名藏书家周叔弢齐名，有『南陈北周』之称。陈氏藏书曾在周恩来总理关怀下，经郑振铎、徐森玉等有识之士的不懈努力，于1955、1965年后两批次从香港入藏北京图书馆（今国家图书馆）。2003年，经中国嘉德国际拍卖有限公司之努力促成，存于海外的第三批陈氏藏书回归祖国，顺利入藏国家图书馆，实现了古籍珍本之璧合。

武钟临（1889–1951），字如谷，号况闇、拜丁，浙江萧山人。书画名家武曾保之子。因极崇浙派开山鼻祖丁敬，故号『拜丁』。善书画，工篆刻，出入于浙派，溯宗汉印，魏晋六朝之法，构思精巧，取法平正洗练。曾手集西泠八家印拓，汇编成数巨册。西泠印社早期社员。

韩登安刻陈运彰用印

印　主：陈运彰
篆 刻 家：韩登安
印　文：华西阁所集造象墨本
边　款：蒙盦社长兄正刻。庚寅十月，登安。
尺　寸：2.3×2.3×4.1cm
材　质：昌化石
篆刻年份：1950 年

韩登安（1905–1976），原名竞，字仲铮、含铮，号登安、印农、小章、耿斋、无待居士等，浙江杭州人。曾从一代篆刻名家王禔（福庵）问业。篆刻宗秦汉，治印严谨，虽以浙派为根基，然不囿于门户，能融汇各派名家之长，后成为『浙派』新军之主力。治印特勤，平生治印约三万方。西泠印社早期社员，曾任印社总干事。

索引

A

C

D

F

G

H

J

K

L

M

P